当代
诗词

【第 2 季】

十二家

蔡世平
刘能英

主编

当代世界出版社
THE CONTEMPORARY WORLD PRESS

叶嘉莹

004/ 秋蝶

005/ 咏莲

006/ 三字令

007/ 折窗前雪竹寄嘉富姊

008/【正官】二十初度自述

011/ 晚秋杂诗（五首选一）

012/ 采桑子

013/ 郊游野柳偶成四绝（选一）

014/ 读庄子逍遥游偶成二绝（选一）

015/ 菩萨蛮

016/ 水云谣

019/ 梦中得句杂用义山诗足成绝句

020/ 一九七六年三月廿四日长女言言
　　与婿永廷以车祸同时罹难，日日
　　哭之陆续成诗十首（选其三）

021/ 雾中有作七绝二首（选一）

022/ 金缕曲·周总理逝世周年作

023/ 水龙吟·秋日感怀

024/ 临江仙

025/ 水调歌头·题友人国殇图

026/ 水龙吟·题嵇康鼓琴图

027/ 鹊踏枝

028/ 鹧鸪天

029/ 蝶恋花

030/ 浣溪沙

031/ 木兰花慢·咏荷

033/ 瑶华

035/ 纪梦

036/ 鹧鸪天

037/ 鹧鸪天

038/ 浣溪沙·为南开马蹄湖荷
　　花作

039/ 水调歌头·度假归来戏作
　　录示同游诸友

林　峰

044/ 梅花

045/ 竹外梅花

046/ 看写牡丹

047/ 荷花

048/ 紫杏花

049/ 望远

050/ 落叶

051/ 夕阳

052/ 立冬

053/ 朝阳

054/ 将军咏

055/ 读史

056/ 暮冬浮想

057/ 谒文山祠

058/ 酒逢甘处故人多

059/ 看云听雨人老去

060/ 登楼吟作故乡看

061/ 读孟襄阳《岁暮归南山》

062/ 随想

063/ 雨夜遐思

064/ 雨后秋凉忆故人

065/ 醉江月·黄河

066/ 沁园春·桑榆未晚

067/ 疏帘淡月·客外忆秋

068/ 水调歌头·大笔写春秋

069/ 贺新郎·雁离思北

070/ 南乡子·怀古

071/ 凤凰台上忆吹箫·故山故水
　　　故人情

072/ 临江仙·忆旧吟今

073/ 汉宫春·携酒同游

丘成桐

078/ 时空统一颂

079/ 几何颂

080/ 清平乐

081/ 北京雁栖湖应用数学研究院揭牌

082/ 题诗蕉岭丘成桐国际会议中心数
理天文学家画像

083/ 卡丘流形大会有感

084/ 蝶恋花·思

085/ 鹧鸪天·中秋与友云后院赏月

086/ 蝶恋花·旅途中忆友云

087/ 蝶恋花

088/ 蝶恋花

089/ 琪妹大病

090/ 贺正熙芷安新婚之喜

091/ 与友郊游

092/ 满江红·携诸生游安阳

093/ 江城子

094/ 回乡有感蕉岭为全国
长寿乡

095/ 剑桥中秋节感怀

096/ 敦煌

097/ 八声甘州

098/ 六七述怀

099/ 渔家傲

100/ 燕山亭

101/ 扬州慢

102/ 八声甘州

103/ 秋日感怀

104/ 虞美人

105/ 回清华园有感

106/ 哀学者

107/ 满江红

蔡瑞义

112/ 沁园春·黄河

113/ 水调歌头·长江

114/ 念奴娇·贺中华人民共
和国成立七十周年

115/ 满江红·观看电影《大
学》感作

116/ 行香子·观印象西湖

117/ 卜算子·咏水仙，用毛
主席《咏梅》韵

118/ 荷塘月色

119/ 抗疫吟

120/ 合川钓鱼城怀古，用郭
沫若韵

121/ 贺泉州宋元中国的世界
海洋商贸中心申遗成功

122/ 读苏轼《念奴娇·赤壁
怀古》感作

123/ 咏鹤其一

124/ 咏鹤其二

125/ 咏鹤其三

126/ 咏雁其一

127/ 咏雁其二

128/ 咏雁其三

129/ 题晚霞

130/ 残荷

131/ 长江邮轮上远眺神女峰

132/ 咏白鹭

133/ 咏梅

134/ 咏竹

135/ 咏松

136/ 拙作《香江时局感怀》四十六首
在报纸全版刊登有赋

137/ 拙作《抗疫吟》四十二首在报纸
全版刊登感作

138/ 无题

139/ 辛丑重阳感怀

140/ 坐上高铁去台北

141/ 初秋

李晓明

146/ 读楚愚《删尽繁华剩简明》歌

148/ 忆登岳麓山成五古二十二韵

150/ 虎年有寄

151/ 贺余留英校友崔占峰当选中国
工程院外籍院士

152/ 读张继《枫桥夜泊》

153/ 寄谢叶如强先生为《闲韵野律》
作序题字

154/ 悼袁隆平

155/ 别了庚子

156/ 北师大蓝裕平教授专著问世权
此为贺

157/ 女生返校园补摄师生合影有寄

158/ 父亲的象棋情结

159/ 赠内

160/ 久客书老怀用辘轳体其一

161/ 久客书老怀用辘轳体其二

162/ 久客书老怀用辘轳体其三

163/ 久客书老怀用辘轳体其四

164/ 久客书老怀用辘轳体其五

165/ 人生秋至有感

166/ 异国夏日家乡巢湖秋梦

167/ 自题地中海海上遐想留影照

168/ 月牙泉

169/ 机上俯瞰新西兰纯净山水有感

170/ 诗词创作感怀

171/ 卜算子·月

172/ 鹧鸪天·岁杪答谢国内书法友
人书拙句

173/ 鹧鸪天·寄谢云帆叠前韵

174/ 齐天乐·《闲韵野律》编后感赋

175/ 水调歌头·仰月唱东坡中秋词
次其韵

176/ 转调满庭芳·暮春回国登金山
慈寿塔

177/ 摸鱼儿·神游大洪山

胡成彪

182/ 初秋雨霁

183/ 写门前孤鸟

184/ 西行观感

185/ 太行山中

186/ 作客乌苏里江畔

187/ 感叹西域大海道

188/ 黄鹤楼下夜游江中即兴

189/ 函谷关前说老子

190/ 说咏

191/ 沂蒙山中偶得

192/ 登高即兴

193/ 汉中汉迹感怀

194/ 说楚汉之争

195/ 除夕夜咏

196/ 枇杷树冬日即景

197/ 游南京仙林湖新区

198/ 宝应荷园初秋写意

199/ 做客图们江边明锁山庄

200/ 周末春行小记

201/ 湖边人家

202/ 秭归五叠水即景

203/ 过巫山县城

204/ 山居写意

205/ 运河岸边人家

206/ 湖边人家

207/ 太行山行

208/ 浣溪沙·航空即景

209/ 浣溪沙·过大明宫遗址

210/ 浣溪沙·秋收小记

211/ 浣溪沙·晨起偶得

段　维

216/ 回乡速写

217/ 偕妻回乡避暑戏题之一

218/ 老家

219/ 题老家门前水泥地中间小草坪

220/ 腊八粥

221/ 远程视频见老家起雾

222/ 油菜花

223/ 老父开鸡笼

224/ 家乡夏秋久旱而老父优先浇园
　　　花有寄

225/ 煎制家乡小河鱼下饭感赋

226/ 回老屋帮厨忙年

227/ 晨雨连绵，开门后一只小鸟飞
　　　入室内

228/ 老石磨感忆

229/ 豆苗久旱得雨

230/ 老家山塘

231/ 居老家返校前帮父亲搭建鸡圈
　　　并于邻家约得小鸡数只

232/ 初秋山居之一

233/ 初秋山居之二

234/ 小院小池

235/ 节前回老家看土砖房拆建初成
　　　步宋彩霞《元旦诗》韵有寄

236/ 拂尘园瓮栽太空莲花开有寄

237/ 题故园雪后照

238/ 窖酒歌

239/ 乡间采芹歌

240/ 拂尘园芦竹

241/ 临江仙·园中葱

242/ 菩萨蛮·故园秋感

243/ 齐天乐·推自制小车陪老父打
　　　年货感赋

244/ 念奴娇·故园之夜

鲁平辉

248/ 燕都行之登黄金台

249/ 燕都行之访易水

250/ 北京冬奥之奥林匹亚之约

251/ 北京冬奥之雪中即景

252/ 北京冬奥之颁奖台

253/ 涞源晚望

254/ 飞狐古道行

255/ 飞狐道怀古

256/ 晨望

257/ 郊游戏题小女

258/ 观鱼

259/ 七月七日访卢沟桥

260/ 观采访加沙市民视频有感

261/ 庚子除夜

262/ 怀念金庸先生

263/ 马赛马拉大草原即景之一

264/ 马赛马拉大草原即景之二

265/ 马赛马拉大草原即景之四

266/ 肯尼亚重访蒙内铁路有怀

267/ 巴陵即事之登岳阳楼

268/ 巴陵即事之屈子祠

269/ 巴陵即事之湘妃祠

270/ 巴陵即事之无题

271/ 登岳阳楼其一

272/ 登岳阳楼其二

273/ 周末

274/ 节后复工题雅万高铁

275/ 春日高铁游

276/ 北京印象之晓入清华园

277/ 北京印象之春游南锣鼓巷

何明生

282/ 己亥仲秋宿天津寄内

283/ 黄龙山春涧

284/ 山居

285/ 杨家坪林场小憩

286/ 杂感

287/ 无题

288/ 梦中舟归

289/ 过故里浣纱溪

290/ 寄友人

291/ 无题

292/ 日暮山行

293/ 己亥札记

294/ 浣溪沙·咏藤

295/ 致驻村扶贫工作者

296/ 机上小憩梦见地球

297/ 成都行

298/ 成都事毕游都江堰

299/ 双井茶

300/ 庚子岁终路遇阿翁

301/ 赴京参加医院管理院长高级研修班
　　有感

302/ 樱桃书院

303/ 夏秋田园杂兴

304/ 生查子·为修水移民搬迁者吟

305/ 滕王阁怀古

306/ 己亥仲春廊桥诗会

307/ 得闲煮漫江徐君运超所馈宁红茶

308/ 春林兄招饮遇小春君

309/ 车过新洲陶咀村

310/ 参加古艾诗社成立二十周年座谈会

311/《大江文艺》创刊

何其三

316/ 山居秋景

317/ 立秋夜望月

318/ 戈壁滩见沙丘起伏似水起波澜

319/ 左公柳

320/ 路

321/ 山家

322/ 山中夜宿

323/ 鞋中沙

324/ 看雨

325/ 浣溪沙·秋夜

326/ 浣溪沙·寻旧迹

327/ 浣溪沙·月下独写

328/ 浣溪沙·夏日见胆瓶干梅枝

329/ 浣溪沙·雨季

330/ 浣溪沙·夏夜

331/ 浣溪沙·夏日过荷塘

332/ 浣溪沙·月夜

333/ 浣溪沙

334/ 浣溪沙·夏天

335/ 虞美人·西塘上

336/ 清平乐·送别

337/ 临江仙·念远

338/ 浣溪沙·山居

339/ 浣溪沙·重阳日溪头赏桂子

340/ 浣溪沙·重上庐山

341/ 一剪梅·暮秋夜雨

342/ 蝶恋花·落叶

343/ 临江仙·初冬日于桃树下

344/ 阮郎归·忆故人

345/ 摊破浣溪沙·读信

唐　琳

350/ 霜天晓角·深夜习书

351/ 蝶恋花·春游五尖山

352/ 青玉案·桃花坞

353/ 满庭芳·狐

354/ 清平乐·真隐亭

355/ 浣溪沙·雨后仿玉佛寺

356/ 浣溪沙·黄花青草忆童年

357/ 定风波·听湖轩垂钓

358/ 临江仙·失宠狗旺旺

359/ 鹧鸪天·绿满兵营

360/ 水龙吟·古楼日落

361/ 生查子·元夕

362/ 浣溪沙·访清水村

363/ 鹧鸪天·园趣

364/ 卜算子·圆月

365/ 浪淘沙·红楼别

366/ 蝶恋花·花事

367/ 贺新郎·军人

368/ 蝶恋花·杨开慧故居

369/ 临江仙·洞庭青草

370/ 临江仙·情亲小镇

371/ 高阳台·初到西湖

372/ 生查子·小雪

373/ 浪淘沙·月色温柔

374/ 唐多令·观儿作画

375/ 清平乐·闲步鹅形山

376/ 鹧鸪天·手机失

377/ 浣溪沙

378/ 临江仙·冬日山家

379/ 浣溪沙·斗米咀

卫一帆

384/ 纪念建党百年

385/ 明州煮茶

386/ 清明游百瑞谷

387/ 太白生日小集分韵得复字

388/ 行路难

389/ 己亥冬至京社雅集分步古诗
十九首韵得生年不满百

390/ 季秋夜归

391/ 庚子杂感

392/ 咏袁隆平

393/ 己亥季春游天台

394/ 己亥清明访明十三陵遇沙尘

395/ 己亥太白生日与诸诗友会饮
幽州台

396/ 戊戌岁末感怀

397/ 戊戌孟秋复观前汉风雨感怀

398/ 丙申岁末感怀

399/ 杜陵怀古

400/ 夜宿幽州村限台字韵

401/ 九月初三夜众友京城雅聚

402/ 丁酉岁末偶感

403/ 闲居杂感

404/ 闻七步诗感怀陈思王

405/ 题惠崇沙汀烟柳树图

406/ 题吴为山雕塑左丘明

407/ 思故人

408/ 空城

409/ 题熊明老师六雀图

410/ 临江仙·逢东坡生日感怀

411/ 苏幕遮·七月既望家乡遥寄
京社诸师友分韵得出字

412/ 江城子·展上巳京社小集赏
初三月分韵得呼字

413/ 满江红·京城高秋雅聚分韵
得有字

1

【第2季】

当代诗词

十家

叶嘉莹

一九二四年生，中国古典诗词专家、诗人。一九四五年毕业于北京辅仁大学国文系。曾任台湾大学专任教授，淡江大学与辅仁大学兼任教授。一九六九年任加拿大不列颠哥伦比亚大学终身教授。一九九〇年当选为加拿大皇家学会院士。二〇一二年被中华人民共和国国务院聘为中央文史研究馆馆员。现担任南开大学中华古典文化研究所所长。

叶嘉莹先生是当代久负盛名的诗词理论家和诗人，也是中华诗词的重要传承者与守护者之一。先生饱经沧桑的人生经历，对优秀中华传统文化的热爱，深厚的东西方文化学养，使其在中华旧体诗歌的理论研究、教学实践、世界传播以及诗歌创作等方面赢得广泛赞誉，并产生深远影响。本集以时间为序，精选叶嘉莹诗歌作品四十首，让我们感受中华老一辈知识分子矢志不渝的治学精神，不同流俗的思想品格，以及历劫不衰、永葆青春、千古一脉的中华传统学人风采，从而受到深深教益。

叶嘉莹的诗歌典雅精致，沉郁苍凉。《秋蝶》写于一九三九年，叶嘉莹年方十五；《咏莲》写于一九四〇年，年方十六，彼时北平已沦陷于日军的铁蹄之下。二诗的艺术纯度与精神向度皆由此肇基。一九七六年三月廿四日，叶嘉莹长女言言与女婿永廷车祸罹难，先生日日以泪洗面，成诗十首，其三之惨痛文字"哭母""哭爷""百劫余生日""更哭掌上珍"不忍卒读。写于一九七八年《临江仙》之"花时横被摧残"后的"故园千里外，休戚总相关"的词章，感怀民胞劫难，悲愤沉痛，动人心魄。诗人的家国情怀、精神高度，莫不感昭日月。

二〇〇八年十二月二十日，我应邀参加中华诗词学会在京授予叶嘉莹等五位诗家"中华诗词成就奖"颁奖大会；二〇一一年又聘请叶先生为国务院参事室中华诗词研究院顾问，使我有机会多次近距离接触先生，聆听教诲，是为人生之幸。

秋蝶

几度惊飞欲起难，晚风翻怯舞衣单。
三秋一觉庄生梦，满地新霜月乍寒。

一九三九年　时年十五

咏莲①

植本出蓬瀛，淤泥不染清。

如来原是幻，何以渡苍生。②

①诗人生于荷月（阴历六月），得"荷"为乳字，而特爱莲荷。
②诗人时年十六，而北平已于一九三七年七月三十日沦陷于侵华日军。

一九四〇年夏

三字令

怀锦瑟。向谁弹。掷流年。千点泪，一声弦。
路茫茫，尘滚滚，是人间。

抬首望，碧云天。莫凭栏。秋易老，恨难言。
月华明，更鼓尽，梦江南。①

①诗人与母亲和两个弟弟居于沦陷的北平，而他父亲却随着国
民党政府由南京西迁蓉城。"梦江南"既指关怀家国，同时，
由于江南历来是诗人墨客吟诵的胜地，自然又可引出更深的联
想。

一九四〇年

折窗前雪竹寄嘉富姊

人生相遇本偶然，聚散何殊萍与烟。
忆昔遗我双竿竹，与君皆在垂髫年。
五度秋深绿阴满，此竹常近人常远。
枝枝叶叶四时青，严霜不共芭蕉卷。

昨夜西楼月不明，迷离瘦影似含情。
三更梦破青灯在，忽听玲玲迸雪声。
持灯起向窗前烛，一片冻云白簌簌。
折来三叶寄君前，证取冬心耐寒绿。

一九四二年冬

叶
嘉
莹

【正宫】二十初度自述

端正好

才见海棠开，又早榴花绽。春和夏取次推迁。一轮白日无人挽。消磨尽千古英雄汉。

滚绣球

想人生能几年。夭和寿一任天。尚兀自多求多恋。便做个追日死夸父谁怜。也不痴。也不颠。争信这人生是幻。长日的有梦无眠。怕的是此身未死心先死，一事无成两鬓斑。有几个是情愿心甘。

十
二
家

倘秀才

十九年把世情谙遍。回首处沧桑无限。悔则悔全无个纵酒高歌忆少年。忒平淡。忒辛酸。把韶华都做了寻常过遣。

叨叨令

我愿只愿慈亲此日依然健。我愿只愿天涯老父能相见。我愿只愿风霜不改朱颜面。我愿只愿家家户户皆欢忭。试问这愿忒赊些也么哥？试问这愿忒赊些也么哥？不然时可怎生件件皆虚幻？

尾煞

　　这底是人生何事由人算，可知我已过今年更几年。常言道无情岁月增中减，怎说道花有重开月再圆。昨日个是长堤杨柳摇金线，今日个是柳老青荷取次圆，明日个柳枯荷败光阴变。天边吹起南飞雁，北风吹雪下平原，那时节才把天地真吾现。似这般尘世何堪恋，身后生前，一例茫然。且趁着泪尚未干，鬓尚未斑，好把这离合悲欢快交点。

一九四四年

晚秋杂诗（五首选一）

西风又入碧梧枝，如此生涯久不支。

情绪已同秋索寞，锦书常与雁参差。

心花开落谁能见，诗句吟成自费辞。

睡起中宵牵绣幌，一庭霜月柳如丝。

一九四四年秋

采桑子

少年惯做空花梦，篆字香熏。心字香温。坐对轻烟写梦痕。

而今梦也无从做，世界微尘。事业浮云。飞尽杨花又一春。

一九四五年春

郊游野柳偶成四绝（选一）

潮音似说菩提法，潮退空余旧梦痕。
自向空滩觅珠贝，一天海气近黄昏。

一九六一年

读庄子逍遥游偶成二绝（选一）

孤池绝海向云开，欲待飞鹏竟不来。

一自庄周寓言后，水天寥落只堪哀。

一九六四年

菩萨蛮

西风何处添萧瑟，层楼影共孤云白。楼外碧天高，秋深客梦遥。

天涯人欲老，暝色新来早。独踏夕阳归，满街黄叶飞。

一九六七年

叶
嘉
莹

水云谣①

一九六八年旅居美国康桥，赵如兰女士嘱我为其父赵元任
先生所作之歌曲填写歌辞，予素不解音律，而此曲早有熊佛西
先生所写之歌辞，因按照熊辞之格式试写《水云谣》一曲。

一

云淡淡，水悠悠，两难留。白云飞过天上，绿
水流过江头。云水一朝相识，人天从此多愁。

二

云缠绵，水沦涟，云影媚，水光妍。白云投影
在绿水的心头，绿水写梦在云影的天边。水忘怀了
长逝的哀伤，云忘怀了漂泊的孤单。

016

诗 当
词 代

十
二
家

三

　　云化雨，水成云，白云愿归向一溪水，流水愿结成一朵云。一任花开落，一任月晴阴，唯流水与白云，生命永不分。

四

　　云就是水，水就是云，云是水之子，水是云之母。生命永相属，形迹何乖分，水云相隔梦中身。

五

　　白云渺渺，流水茫茫，云飞向何处？水流向何方？有谁知生命的同源，有谁解际遇的无常。

六

　　水云同愿，回到永不分的源头，此情常在，此愿难酬。水怀云，云念水，云飞水长逝，人天长恨永无休。

①这首是诗人诗作中唯一用白话文填写的现代歌辞。

一九六八年

梦中得句杂用义山诗足成绝句

一春梦雨常飘瓦，万古贞魂倚暮霞。
昨夜西池凉露满，独陪明月看荷花。

一九七一年

一九七六年三月廿四日长女言言与婿永廷以车祸同时罹难，日日哭之陆续成诗十首（选其三）

哭母髫年满战尘，哭爷剩作转蓬身。

谁知百劫余生日，更哭明珠掌上珍。

一九七六年

雾中有作七绝二首（选一）

高处登临我所耽，海天愁入雾中涵。

云端定有晴晖在，望断遥空一抹蓝。

一九七七年

金缕曲·周总理逝世周年作

万众悲难抑。记当年、大星殒落，漫天风雪。伫立街头相送处，忍共斯人长诀。况遗恨、跳梁未灭。多少忧劳匡国意，想临终、滴尽心头血。有江海，为鸣咽。

而今喜见春风发。扫阴霾、冰渐荡尽，百花红缀。待向忠魂齐献寿，怅望云天寥阔。算只有、姮娥比洁。一世衷怀无私处，仰重霄、万古悬明月。看此际，清光澈。

一九七七年

水龙吟·秋日感怀

　　满林霜叶红时，殊乡又值秋光晚。征鸿过尽，暮烟沉处，凭高怀远。半世天涯，死生离别，蓬飘梗断。念燕都台峤，悲欢旧梦，韶华逝，如驰电。

　　一水盈盈清浅，向人间做成银汉。阋墙兄弟，难缝尺布，古今同叹。血裔千年，亲朋两地，忍教分散。待恩仇泯灭，同心共举，把长桥建。

一九七八年

临江仙

惆怅当年风雨，花时横被摧残。平生幽怨几多般。从来天壤恨，不肯对人言。

叶落漫随流水，新词写付谁看。惟余乡梦未全删。故园千里外，休戚总相关。

一九七八年

水调歌头·题友人国殇图

死有泰山重，亦有羽毛轻。开缄对子图画，百感一时并。几笔线条勾勒，绘出英魂毅魄，悲愤透双睛。楚鬼国殇厉，气壮动苍冥。

挟秦弓，带长剑，意纵横。枪林弹雨经遍，血染战袍腥。自古无人能免，偏是江淹留赋，写恨暗吞声。何日再相见，重与话平生。

一九七九年

水龙吟·题嵇康鼓琴图

　　分明纸上琴音，风神千古嵇中散。五弦挥处，也曾目送，飞鸿意远。丰草长林，平生心志，未堪羁绊。想岩岩傲骨，睥睨朝士，柳阴下，当年锻。

　　正复斯人不免。画图中，愤怀如见。古今多少，当权典午，肯容狂狷。流水高山，广陵一曲，此情谁展。有刘伶善饮，举杯在手，寄无穷感。

一九七九年

鹊踏枝

　　玉宇琼楼云外影，也识高寒，偏爱高寒境。沧海月明霜露冷，姮娥自古原孤另。

　　谁遣焦桐烧未竟，斫作瑶琴，细把朱弦整。莫道无人能解听，恍闻天籁声相应。

一九八〇年

鹧鸪天

　　一九六六年应哈佛之聘，自台湾携二女言言及言慧赴康桥，赁居于燕京图书馆附近一小巷内，每日经过威廉詹姆士楼之下，当时曾写《菩萨蛮》小词一首，有"西风何处添萧瑟，层楼影共孤云白。楼外碧天高，秋深客梦遥"之句。一九八二年，再至哈佛，偶经旧居之地，街巷依然，而长女言言离世已六年之久矣，感慨今昔，因赋此阕。

　　死别生离久惯谙，艰辛历尽几波澜。挈家去国当年事，沧海沉珠竟不还。

　　楼影外，碧云天，康桥景物尚依然。漫夸客子身犹健，谁识心头此夕寒。

一九八二年

蝶恋花

　　爱向高楼凝望眼，海阔天遥，一片沧波远。仿佛神山如可见，孤帆便拟追寻遍。

　　明月多情来枕畔，九畹滋兰，难忘芳菲愿。消息故园春意晚，花期日日心头算。

一九八三年

浣溪沙

　　已是苍松惯雪霜，任教风雨葬韶光，卅年回首
几沧桑。

　　自诩碧云归碧落，未随红粉斗红妆，余年老去
付疏狂。

一九八三年

木兰花慢·咏荷

　　《尔雅》曰："荷，芙渠，其茎茄，其叶蕸，其本蔤，其华菡萏，其实莲，其根藕，其中的，的中薏。"盖荷之为物，其花既可赏，根实茎叶皆有可用，百花中殊罕其匹。余生于荷月，双亲每呼之为"荷"，遂为乳字焉。稍长，读义山诗，每诵其"荷叶生时春恨生，荷叶枯时秋恨成"，及"何当百亿莲花上，一一莲花现佛身"之句，辄为之低回不已。曾赋五言绝句咏荷小诗一首云："植本出蓬瀛，淤泥不染清。如来原是幻，何以渡苍生。"其后几经忧患，辗转飘零，遂羁居加拿大之温哥华城。此城地近太平洋之暖流，气候宜人，百花繁茂，而独鲜植荷者，盖彼邦人士既未解其花之可赏，亦未识其根实之可食也。年来屡以暑假归国讲学，每睹新荷，辄思往事，而双亲弃养已久。叹年华之不返，感身世之多艰，根触于心，因赋此解。（篇内"飘零""月明""星星"诸句，皆藏短韵于句中，盖宋人及清人词律之严者，皆往往如此也。至于"愁听"之"听"字则并非韵字，在此当读去声。）

　　花前思乳字，更谁与、话平生。怅卅载天涯，梦中常忆，青盖亭亭。飘零自怀羁恨，总芳根不向异乡生。却喜归来重见，嫣然旧识娉婷。

　　月明一片露华凝。珠泪暗中倾。算净植无尘，化身有愿，枉负深情。星星鬓丝欲老，向西风愁听珮环声。独倚池阑小立，几多心影难凭。

一九八三年

瑶华

戊辰荷月初吉，赵朴初丈于广济寺以素斋折简相招，此适为四十余年前嘉莹听讲《妙法莲华经》之地；而此日又适值贱辰初度之日，以兹巧合，怅触前尘，因赋此阕。

当年此刹，妙法初聆，有梦尘仍记。风铃微动，细听取，花落菩提真谛。相招一简，唤辽鹤归来前地。回首处，红衣凋尽，点检青房余几。

因思叶叶生时，有多少田田，绰约临水。犹存翠盖，剩贮得，月夜一盘清泪。西风几度，已换了微尘人世。忽闻道，九品莲开，顿觉痴魂惊起[1]。

---

[1]是日座中有一杨姓青年，极具善根，临别为我诵其所作五律一首，有"待到功成日，花开九品莲"之句，故末语及之。

叶
嘉
莹

附：赵朴初先生和作前调

　　光华照眼，慧业因缘，历多生能记。灵山未散，常在耳、妙法莲华真谛。十方严净，喜初度，来登初地，是悲心，参透词心，并世清芳无几。

　　灵台偶托灵谿①，便翼鼓春风，目送秋水。深探细索，收滴滴，千古才人残泪，悲欢离合，重叠演，生生世世。听善财，偈颂功成，满座圣凡兴起。

① "灵谿"指作者所撰《灵谿词说》。

一九八八年

诗　当
词　代
十
二
家

纪梦

峭壁千帆傍水涯，空堂阒寂见群葩。

不须浇灌偏能活，一朵仙人掌上花。

一九九一年

叶嘉莹

鹧鸪天

偶阅戴恩·艾克曼所写《鲸背月色》一书，谓远古之世大洋未受污染前，蓝鲸可以隔洋传语，因思诗歌之感人，若心性空灵，殆亦有时空所不能限者欤。

广乐钧天世莫知，伶伦吹竹自成痴①。郢中白雪无人和，域外蓝鲸有梦思②。

明月下，夜潮迟，微波迢递送微辞。遗音沧海如能会，便是千秋共此时。

①李商隐《钧天》，上帝钧天会众灵，昔人因梦到青冥。伶伦吹裂孤生竹，却为知音不得听。
②《阳春》《白雪》，喻指曲高和寡。见《列子》。

二〇〇〇年

诗词当代十二家

鹧鸪天

偶获《老油灯》图影集一册。其中一盏与儿时旧家所点燃者极为相似。因忆当年灯下读李商隐《灯》诗，有"皎洁终无倦，煎熬亦自求"及"花时随酒远，雨后背窗休"之句。感赋此词。

皎洁煎熬枉自痴，当年爱诵义山诗。酒边花外曾无分，雨冷窗寒有梦知。

人老去，愿都迟，蓦看图影起相思。心头一焰凭谁识，的历长明永夜时。

二〇〇一年

浣溪沙·为南开马蹄湖荷花作

　　又到长空过雁时，云天字字写相思，荷花凋尽我来迟。

　　莲实有心应不死，人生易老梦偏痴，千春犹待发华滋。

二〇〇二年

水调歌头·度假归来戏作录示同游诸友

　　风物云城美，首夏气清和。良辰争忍轻负，游兴本来多。况有卅年诗友，屋宇相望居近，平日屡相过。结伴登游艇，同唱舞雩歌。

　　赛提斯，盐泉岛，尽婆娑。屋前绿树，屋后潮汐水成波。今夜谈诗已晚，明日趁墟需早，嘉会意如何。极目海天远，霞影织云罗。

二〇〇六年五月六日

林峰

原籍广东梅州，寓居香港，专业会计。香港诗词学会创会会长，中华诗词学会第三、四次全国代表大会主席团成员，中华诗词学会高校诗词工作委员会顾问。作近体诗五千首，辑峰回园诗系六集，作新诗万数行，辑《时代的回声》及《天声海韵》二集。主编《近四百年五百家诗选》及《中华历代慷慨诗词选》等多部大型诗选。

我的阅读视野有限，关于香港诗人的作品读得不多，但特别喜欢饶宗颐的词。今细读林峰的作品，令我眼界大开，陡生敬意。

儒家文化塑造的中华诗词，是以"温柔敦厚"为最高审美标准，清蘅唐退士的《唐诗三百首》以此为选编宗旨，受到读者长久喜爱。林峰的诗词作品称得上"温柔敦厚"，是中华传统文化酿造的一坛陈年老酒，香淳味厚。

本次收录作品可谓首首皆精，耐品耐嚼。林峰的创作不事喧哗、咸淡有度、化古为新，于轻柔绵润的外貌里透出的是内力与劲道，正如棋坛高手的段位。林峰的作品差不多每首都有"好句"。"香是梅花直是竹，不迎春色只迎寒"（《竹外梅花》），"江随杨柳春浮动，情入文章气激扬"（《暮冬浮想》），"士到穷时知己少，酒逢甘处故人多"（《酒逢甘处故人多》），"云山日暮能销骨，烟海鸥归易断肠"（《雨后秋凉忆故人》），等等，不胜枚举。

好酒要品，好诗也要品。林先生今年高寿九十，差不多一个世纪的风云故事、人生感慨入了诗行，品味其中，会是一件多么快乐的事情。林峰先生为香港诗词赢得了荣誉，当然也就为中华诗词赢得了荣誉。

梅花

雪满琼枝独爱春，月移花影竹林人。

千红万紫原无价，惟有冰心不染尘。

竹外梅花

傲然独立晚晴峦，暮雨晨霜更可观。
香是梅花直是竹，不迎春色只迎寒。

看写牡丹

素手兰心写牡丹，檀郎磨墨月将阑。

此花应是高人种，未解高情不许看。

荷花

白云镂月过池边，倚枕同君一夜眠。

雁落南塘新雨后，清香阵阵不需钱。

紫杏花

寥落孤芳冒雨开，微红淡淡不争魁。

多情不是无颜色，颜色深时惹蝶来。

望远

望断天涯去雁长，绛云风送一城香。

桃红竹绿春山雨，独爱梅庐倚夕阳。

落叶

多少枯荣化作诗，秋深万木亦知时。

更寒怕听萧萧雨，柳老难垂袅袅丝。

辗转自怜千里客，飘零曾是六朝枝。

白云明月栖红树，又照梅花雪满篱。

夕阳

西园暮色送香来，露湿琼枝近水栽。

初夜涛声三月雪，两行竹影半山梅。

霞栖远树家千里，风满疏篱酒一杯。

屋角斜晖催我醉，晚晴独上望乡台。

立冬

欲赋桑榆得句迟，日斜树影近支离。

不寒暮雨寒朝雨，未落南枝落北枝。

塞雪胡冰苏武节，秦山湘水杜陵诗。

梅花岭上扬州路，又有清风向晚吹。

朝阳

红杏多情破晓开，未晞露草亦悠哉。

光摇水榭怜梅影，烛短鸡窗起骥才。

瓦釜毋当环佩响，貂裘怕作褐衣裁。

晨曦已在天门外，乍觉东山日上来。

林峰

将军咏

立马横刀圣主诗，河冰战血已多时。
英雄落泊埋书剑，大树飘零惜玉姿。
数点乌啼韩信墓，九州日照绛侯碑。
昭昭青史垂今古，更有途人说李斯。

当代
诗词
十二家

读史

故国春秋读几回，舜尧汤武史初开。

光昭圣阙辉殷亳，夜入狐宫失鹿台。

赋雪原知梁苑客，过秦尤是洛阳才。

月明千古人圆缺，剩有清尊酒一杯。

暮冬浮想

吟罢秋山万叶黄，又栽竹外一枝霜。

江随杨柳春浮动，情入文章气激扬。

投笔每怀班定远，思贤却道郭汾阳。

最怜雪上梅花骨，夜听泉声独自香。

谒文山祠

肃然俯首细低徊，宰相丹心壮美哉。

烈骨一身生正气，英魂千古筑灵台。

零丁风雨厓门血，故国旌旗少主哀。

若问山河缘尽失，西湖歌舞后庭杯。

酒逢甘处故人多

观海无心海浪过，祇缘意在楚山阿。

对床只盼缠绵老，问道才知曲折何。

士到穷时知己少，酒逢甘处故人多。

世间几许伤情事，冷暖谁曾仔细磨。

看云听雨人老去

海棠已睡夕阳斜，玉颊嫣红对落霞。

月下思人眠竹影，庭前扫雪种梅花。

看云久倚江村树，听雨孤斟子夜茶。

一自春风归去也，多情如水任天涯。

登楼吟作故乡看

濯缨濯足亦心宽，秋水沧浪鹤影寒。

巷陌十年书读浅，雪深三尺路行难。

抚松应解凌云志，望月长怀折桂丹。

夜半耕诗人未老，登楼吟作故乡看。

读孟襄阳《岁暮归南山》

折桂何悭借一枝，霜灯夜读苦栖迟。
簪缨孤负先人志，蒲柳难为故国思。
无悔蓝桥空抱柱，可怜北阙费题诗。
年华已暮秋萧瑟，尚有春心老不移。

随想

登楼回望旧烟霞，落日黄云点点鸦。

海上鸥声初夜起，湖边雁影几行斜。

床前月色愁秋老，鬓角霜云染岁华。

一屋书香何处是，自怜生在宦门家。

雨夜遐思

夜雨蕉窗我自珍，吟诗看剑问红尘。

纵横学问通今古，天地文章辨伪真。

经史十年空许国，海云万里老修身。

阿房宫赋春秋笔，浊酒孤斟读过秦。

雨后秋凉忆故人

又到清秋雨后凉，抱襟北望旧家乡。

云山日暮能销骨，烟海鸥归易断肠。

高榻待贤分左右，寒灯读史叹兴亡。

可怜一片江南月，空照离人两渺茫。

酹江月·黄河

　　大河飞出，决昆仑远去，涛声翻雪。阅尽春秋无限事，回首云山千迭。黄土千年，黄山万里，黄水垂天阔。激流夜渡，壮哉今古人杰。

　　闻道魏武河南，文姬归汉，更建安风骨。屈子岳飞文宰相，浪逐英雄鲜血。锦绣河山，文章故国，历史翻新页。河边红树，白云秋水明月。

沁园春·桑榆未晚

回首当年，芳草佳人，在水一方。忆红灯绿酒，晓村烟景，廓桥玉树，江浦垂杨。月落无痕，秋来有迹，遥盼归鸿信渺茫。人何在，问楼前流水，竹影斜阳。

更深闻笛思乡，料梅岭、春风化了霜。看梅边楀上，尚留旧梦，篱间菊畔，剩有离殇。身在天涯，闲听海韵，不觉天街夜已凉。披寒起，幸短鬓未晚，又托瑶章。

疏帘淡月 · 客外忆秋

梅村夜碧，正月冷乌啼，路无人迹。更那山楼海韵，夜深难息。雄心未淡随秋老，看江头、板桥霜白。晚舟横睡，寒林寞寞，半江芦荻。

听远处、涛声细泣。看屋外烟云，窗前词笔。又是鸡啼月下，几声清笛。晚秋灯夜栖迟久，史书读破异乡客。杜陵诗律，稼轩词阕，更知相惜。

水调歌头·大笔写春秋

叹短鬓霜老，忆沧海横流。碧天云树何在，风雨旧神州。多少壮怀激烈，几许英雄热血，都付碧江头。浩浩大河水，无语去悠悠。

东风起，春无际，上层楼。吴山越水，洗却人世几重羞。到处晴云入袖，更有莺歌过柳，高志百年酬。又是新时代，大笔写春秋。

贺新郎·雁离思北

雁去秋无迹，望迢迢、云横路远，满天春碧。绿水悠悠天地阔，却道香江秀色。看万里、风清月白。鬓老书生情尚健，太平山、夤夜思燕北。鸿已别，影难觅。

一生负了凌云笔。白云斋、书残墨淡，文章羞涩。谁抱琵琶哀怨曲，遥想佳人独立。芳草岸、沉吟孤客。纵是多情凭破帽，晚风频、灯下催书尺。人已老，我心赤。

南乡子·怀古

　　寒食雨微微，千载悠悠去不归。为避封侯宁一死，之推，名利焉能动两眉。

　　高志不能移，青史由人说是非。登彼西山长仰止，夷齐，后世谁人复采薇。

凤凰台上忆吹箫·故山故水故人情

　　风暖梅蕉，晴飞鸥鹭，门前流水玎琮。看接天秋色，浩气无穷。正那巨人壮立，长如剑，锷出青锋。清江水，滔滔滚滚，独步江东。

　　文峰，剑英拜帅，人境缅风流，峻拔云中。更岭云仓海，射虎弯弓。到处人文今古，都是那、故国英雄。春来日，桃花杏花，一望嫣红。

临江仙·忆旧吟今

旅外归来秋已晚，十年寒夜青灯。庭前老树正飘零。茫茫天地阔，孤雁两三声。

总角雄心依旧在，村前万里新晴。纵然漂泊苦吟行。梅花迎瑞雪，且看北枝横。

汉宫春·携酒同游

　　岭北江南，正晴空千里，春色无边。斯文鹊起，结伴携酒登山。诗情万丈，者之乎、扫尽清寒。辞赋客、纵横才气，举头挥手吟天。

　　漫步颐和园内，看湖中翠柳，摇曳人前。旋登泰山绝顶，日出云丹。秦淮水影，六朝兮、王气依然。又是那、钱塘月色，依旧苦恋人间。

3

【第2季】

当代诗词

十二家

丘成桐

一九四九年生。美籍华裔数学家。中国科学院外籍院士。美国国家科学院院士、美国艺术与科学院院士。一九六六年考入香港中文大学数学系，一九七一年获伯克利加州大学博士学位。对微分几何学做出了极为重要的贡献。证明了卡拉比猜想（Calabi Conjecture）与爱因斯坦方程中的正质量猜想（Positive Mass Conjecture），并对微分几何和微分方程进行重要融合，解决问题。在拓扑学、物理学方面成就卓著。现任清华大学丘成桐数学科学中心主任、求真书院院长，北京雁栖湖应用数学研究院院长，致力于数学学科的发展和数学人才的培养。一九八二年获国际数学界最高荣誉的菲尔兹奖。曾获马塞尔·格罗斯曼奖，维布伦几何奖、菲尔兹奖、麦克阿瑟奖、克劳福德奖、美国国家科学奖、沃尔夫数学奖、马塞尔·格罗斯曼奖等奖项。

科学和文学是一条藤上同时结的两颗可以被称作"艺术"的瓜。其实，三百六十行的高境界都可以叫做"艺术"，只不过使用的材料与制作方法不同。对此，丘成桐先生给出了他自己的答案。

丘成桐是大名鼎鼎的数学家，同时握有数字与文字两种利器。他用数字为人类文明做出了科学方面的贡献，用文字为中华文化做出了诗歌方面的贡献。

丘成桐的诗歌题材有三：一是科学领域，二是乡思乡情，三是时世感慨。前些年中国文学界流行一种名为"宏大叙事"的创作手法，多为大言、套言，相比丘成桐的《时空统一颂》《几何颂》，自是相形见绌。

这两首诗才是真正的宏大叙事，是可以与屈原《天问》价值相当的大诗；而且也是要与《天问》对比着来读的，这会帮助我们在更深层面上了解宇宙、人类社会以及个体的人生。对于诗歌创作者来说，我们有理由相信，这两首诗会为我们打开一扇新的视窗，拓宽诗歌的题材领域与思维领域，创作出全新的诗歌作品。二〇二二年，诺贝尔物理奖被颁给了在量子信息科学研究方面做出贡献的科学家，这也让人们看到这两首诗对于今天诗歌创作的现实意义。

丘成桐的乡思乡情作品情浓入骨，时世感慨作品忧愤沉厚，让我们感受到了他那颗跳动着的赤子之心。

时空统一颂

　　时乎时乎？逝何如此。物乎物乎？繁何如斯。弱水三千，岂非同源。时空一体，心物同存。时兮时兮，时不再与。天兮天兮，天何多容？亘古恒迁，黑洞融融。时空一体，其无尽耶？大哉大哉，宇宙之谜。美哉美哉，真理之源。时空量化，智者无何。管测大块，学也洋洋。

几何颂

穹苍广而善美兮，何天理之悠悠。先哲思而念远兮，奚术算之久留。形与美之交接兮，心与物之融流。临新纪以展望兮，翼四力以真求。岂原爆之非妄兮，实万物之始由。曲率浅而达深兮，时空坦而寡愁。曲率极而物毁兮，黑洞冥而难求。相迁变而规物兮，几何雅其远谋。扬规范之场论兮，拓扑衰而复留。时空荡而物生兮，新数学其始流。惟对称之内蕴兮，类不变而久悠。道深奥而动心兮，惟精析之能图。质与量之相成兮，匪线化之能筹。

清平乐

方程数字，都说平生意。物象星河留人醉，黑洞思量无寐。

依约往事难留，恰如代序春秋。豪杰不知何去，大江依旧东流。

北京雁栖湖应用数学研究院揭牌

遥望长城意气豪，风云激越浪滔滔。

雁鸿东返栖湖泊，骐骥西来适枥槽。

家国兴荣一任重，算筹玄妙亦功高。

廉颇老矣丹心在，愿请长缨助战鏖。

题诗蕉岭丘成桐国际会议中心数理天文学家画像

循阶肃穆上凌烟，先哲英姿象万千。

六合管窥明道隐，河图心法妙毫颠。

忍看风急归吾舍，不道潮平放客船。

万里征程当此日，东追西逐自年年。

卡丘流形大会有感

半生家国亦匆匆，一剑横磨寒暑功。

利禄功名何足道，素心犹在流形中。

丘成桐

蝶恋花 · 思

一九六九年十二月，在柏城图书馆读书，思乡而乍见友云，作词为记。

黯黯铅云秋色异，望断乡关，谁会凝眸意。书阁沉吟归乏计，青灯四壁人难寐。

剑未磨成追旅思，蓦见芳容，笑靥回天地。愿把此情收箧笥，结缘今世丹心里。

当代
诗词
十二家

鹧鸪天·中秋与友云后院赏月

　　问道柏城意气雄，不辞万里苦匆匆。埋头故纸心狂热，放眼几何造化功。

　　书阁里，甫相逢，从今鹣鲽与卿同。今朝又见团团月，执手相看不语中。

蝶恋花·旅途中忆友云

　　香岛风尘缘小驻，书剑飘零，半世常羁旅。三十七年朝与暮，白云长伴梧桐树。

　　脉脉此情随汝去，踏遍天涯，始解相思苦。母病安危无意绪，离多聚少凭谁诉。

蝶恋花

今春血压反常，于台湾验身。用超声波、X-光等方法，疑心旁大血管有阻塞，医者以为严重。在内人监督下，节重减脂，甚有成效。波士顿再验，血液流通，回复正常。承天之幸，亦内人之功也。

客里韶光春日翳，暗暗新愁，疑障生心际。孰料波光深照里，丹心疾跳仍难示。

狼藉情怀谁眷理，伴侣殷殷，血动凝脂退。缱绻柔肠谁可替，白头不见人憔悴。

蝶恋花

岳母在台养病已四年矣，友云日夕侍奉。余国事科研未敢
或忘，夫妻聚少离多，有感而作。

省视萱堂成久计，两处同心，可奈离天际。败
叶霜红斜照里，研求立命终难弃。

四十华年如水逝，且喜而今，儿辈俱成器。一
自心盟终不悔，河清有日同牵袂。

琪妹大病

每念髫年共苦辛，洗衣炊食水挑频。

弦歌早绝终无怨，英岛抗顽更怆神。

惟恨无能除汝疾，愿祈有药愈君身。

沙场奔突何由惧，生死去来任大钧。

贺正熙芷安新婚之喜

　　史大学成哈佛留，正熙芷安非庸流。那帕谷中三生石，凤箫声传九月头。齐眉举案天人合，得意毋忘众生忧。望汝凝神攻医道，安家立业启新猷。鹣鲽双双多日月，常记祖族出中州。三十年来每酌斟，慈母育汝倍用心。婚后家国无穷事，看取同心利断金。

与友郊游

九秋山气肃，旭日照高岑。
黄叶鸣霜木，清流绕鹤林。
孤帆游子意，壮士塞鸿心。
帷幄青云念，同行有雅音。

满江红·携诸生游安阳

洹水悠悠，都说是、盘庚故域。黍离地，陌阡连亘，偶然踪迹。甲骨依稀留指爪，十三殷纪凭谁识。叹观堂、慧眼去迷茫，平猜臆。

困羑里，推周易；居斗室，思中国。看垂纶渭水，水清钩直。八百诸侯盟伐纣，鹰扬牧野风雷激。更周公，礼乐订君臣，千秋泽。

江城子

梅县，母亲故乡也。初春到此一游。

慈颜梦里总牵肠，趁春光，返家乡。纵目驱车，绿树荫新房。新诞孙儿倘得悉，欣慰极，喜难当。

梅城水木久传香，岭苍苍，水洋洋。生我萱亲，育我好儿郎。千载客家传代代，循祖训，桂兰芳。

回乡有感蕉岭为全国长寿乡

铜模突兀立神州，群彦星驰聚一丘。

魏武扬鞭歌老骥，祖生击楫誓中流。

半生书剑添蓬鬓，古井清泉解百忧。

恋恋中情无限意，蕉乡云水绕心头。

剑桥中秋节感怀

剑桥正中秋，后院赏明月。

乔木壮且茂，但觉清辉没。

交错纵横条，蒙蔽失真切。

偃仰左右寻，始得月皎洁。

皓月映冰心，冰心不可夺。

敦煌

试上敦煌望二关，汉唐威望白云间。

贰师岂足平西域，定远班侯乞骨还。

八声甘州

对晴空、引领忆当年，风物汉唐秋。渐关山迢递，孤烟落日，思绪悠悠。儒学传灯西去，佛法正东流。只剩斜阳暮，断瓦颓楼。

可奈兴隆难续，叹巢空窟老，欲问无由。喜众生色相，域外画图留。黑山巍、祁连屏立，想红旗、漫卷峪关头。思量处，号声吹彻，快铁飞舟。

六七述怀

　　少年十五遇罡风，不畏闲言不畏穷。二十学
成羽毛丰，冲天无惧效冥鸿。三十论剑畴林丛，
横跨两域世罕同。四十镜对卡丘中，算学物理得
共融。五十重谈时与空，相对论叹造化工。六十
疏发未成翁，老骥伏枥立新功。

渔家傲

绝域清秋红满地,遥岑远目愁人意。早唤饮茶慵懒起,宵梦里,故园风景依稀是。

向晚渔舟浮碧水,马鞍山外天无际。岁月不居人老矣,凭谁记,天涯黯黯销魂味。

燕山亭

翅展云霄，扶摇万里，上苑玉堂曾驻。深思创奇，比翼前贤，任他雀惊鹰妒。故国登临，又谁料、疾风横雨。无绪，但芳草泥泞，几迷归路。

试把兰蕙重滋，岁岁燕离巢，几时回哺。锦绣前程，故旧如斯，中兴壮图谁顾。莫听啼鹃，烟雾里，声声愁苦。归去，看冉冉、斜阳几度。

扬州慢

十五年前，余游伦敦，于大英博物馆见一大铁炮，长约十六英尺。细读说明，始知此乃虎门镇台之炮，英人掳之至此，以宣国威。余实哀之，未知何年何日始见此炮回归祖国，以慰当年拼死守护虎门之广东将士，以祭关天培将军之魂也。

海角明珠，华夷都会，百年歌舞承平。看南来北往，船笛杂车声。不道自英旗降后，路歧道阻，戾气潜萌。雾重重，维港狮山，依约雷惊。

孙郎怀抱，倘重临，难认前盟。任易水歌悲，中流誓壮，谁念衷情。铁炮沉沉依旧，重洋外，冷落凄清。盼皇天嘉佑，故园浴火重生。

丘成桐

八声甘州

二〇一四年秋，与绍远、萧子和辛子共访老友江泽林于古都西安。路上与诸子讨论武帝文章诗作，极力推崇，诸子以为夸大其辞。余感于汉唐伟业，今人竟已遗忘，憾何如之。忆昔凭吊干陵，感其雄伟，叹历代史家未予则天伟业之公正评价，遂作此词。

对干陵无语悼则天，业功盖千秋。看两山迢递，碑文剥落，思绪悠悠。可恨三郎老去，胡掠九州岛愁。留得斜阳暮，断瓦残楼。

怅念汉唐渺远，问中兴何日，共庆金瓯。想英雄无觅，何事苦勾留。展书篇，空房凝望，叹甚时霜染少年头。却回首，名山料理，沧海归鸥。

当代

诗词

十二家

102

秋日感怀

西山红叶我曾游，乔木丹枫夹浅流。

久听松涛心寂寂，何时携友细论筹。

虞美人

风吹雨打寻常事，且把锋芒试。长江不尽浪滔滔，后浪前波共个比天高。

校园春色何堪醉，中有兴亡泪。敢教硕果出神州，他日士林翘首近春楼。

回清华园有感

　　鹏飞一万里，带得松柏去。栽彼近春园，水木清华土。嗟哉圆明耻，岂可复再侮。但愿松柏青，挺直无寒暑。却愁冰雪厉，豺狼喜当路。朝朝愿茁长，暮暮不忘汝。幼苗竟依然，何时成大树。

丘成桐

哀学者

　　读寅恪老人晚年身世，又哀观堂沉湖之悲，作二绝句。

一

湖上污泥瘗国魂，衣冠犹奉清华园。
人间碧血殷红甚，卜鉴殷商证史源。

二

学士之衰经四世，岭南尚有泪封存。
河东有幸留青史，羞煞当时谄媚人。

当代
诗词
十二家

106

满江红

审美求真，还仗倚，清怀皎洁。图博雅，书楼长驻，利名心绝。烂漫春光秋雨夜，清华水木荷塘月。到穷时，一霎便功成，从头越。

百年耻，何时雪；攀绝顶，须人杰。把丰花硕果，慰劳先烈。厚德兼容温似玉，自强不息坚如铁。思深沉，规矩入精微，真诚悦。

4
【第2季】

当代诗词
十 二 家

蔡瑞义

香港厦门联谊总会永远荣誉会长、厦门市海外联谊会顾问、厦门市侨联顾问、厦门市人民对外友好协会特邀理事、中华诗词学会高校诗词工作委员会顾问、香港诗词学会荣誉会长、福建诗词学会特邀理事。著有《帚珍集》《帚珍集(续)》《帚珍集(三)》。

由于汉代"罢黜百家，独尊儒术"的时代需要而产生的历代儒家"注经师"，通常把孔子增删整理的春秋时代的诗歌往"微言大义"的风格上靠拢，最终形成了三百零五首被称为"六经之首"的《诗经》。自此以后的儒家士大夫作诗，基本形成或志存报效朝廷或幽怨怀才不遇的两个基本主题，其"诗言志""思无邪"的中华诗歌优秀传统惠及后世、影响深远。

和当下众多的诗词写作者一样，香港蔡瑞义先生坚持"诗言志"——言国家社稷之志——的写作原则，创作出数量可观的诗歌作品，赢得读者佳评。如赞美祖国山河的《沁园春·黄河》《水调歌头·长江》，如讴歌建设成就的《念奴娇·贺中华人民共和国成立七十周年》等，这些作品皆立意高迈、架构宏大，语言铿锵有力，起到了鼓舞人心的作用。

蔡瑞义的"小作品"亦耐读耐品。《咏雁》（三首）是我喜欢的作品。"雁"是中国古代文学，尤其是诗歌作品的常见主题。作为一种诗歌媒介，"雁"传达了咏雁人的精神情感，或伤别离，或感时世，或述爱情。然蔡瑞义的咏雁诗却别有怀抱，一扫低靡之气。其一之"旻天万里气融融，影带长河落日红"，其二之"翅拂楚山千里月，声扬湘水一天风"，其三之"横飞一字舞长空，阅尽千山梦未穷"，诗思敞亮开阔，诗意霸气飞扬，给人耳目一新、提振精神之感。诗如其人，从中亦可见出蔡瑞义先生情怀的豪迈，诗风的豪迈。

沁园春·黄河

千载咆哮，九曲滔天，万里雪涛。望冲波舟楫，扬帆竞渡；破空鸥鹭，振翮翔翱。德水泱泱，昆仑岌岌，壮气腾腾上碧霄。殷雷响，正神惊鬼泣，地动山摇。

河川风色妖娆，五千载文明仰舜尧。忆东周列国，开疆辟土；汉唐盛世，鼓乐挥旄。多少英雄，是非成败，已付云烟浊浪淘。从头越，更复兴华夏，引领风骚。

水调歌头·长江

万里碧涛涌，九派接苍穹。群山肃立江岸，千古只流东。百舸扬帆远去，玉羽追风奋鬲，彩霭泛玄空。天堑雾岚渺，高峡舞长龙。

孕华夏，昌文化，息兵戎。几多兴废，幡帜剑戟没江中。潮落潮生依旧，云卷云舒幻变，不必问穷通。神女千年盼，今日九州岛隆。

念奴娇·贺中华人民共和国成立七十周年

　　雄鸡一唱，听春雷乍响，凤凰涅槃。日出东方群鹤舞，碧落云蒸霞蔚，鸥鹭翩跹，莺鹂争呖，大地春风烈。河山换貌，九州岛生气勃发。

　　唤醒沉睡雄狮，吼声震宇，何惧波云谲。七秩征程今再启，气势更谁能遏。壮志吞虹，初心不改，忠胆朝天阙。喜看华夏，赤旗风卷星月。

满江红·观看电影《大学》感作

水木清华，鸣禽集，草幽树碧。桃李俏，惠风驰荡，葵心倾日。化雨扬风滋蕙芷，盗光凿壁争朝夕。校岿巍、文化贯西东，情怀激。

书声朗，真理觅。匡赤县，光阴迫。立言尤立德，奋挥椽笔。厚德包容能载物，自强不息欣扬翮。征途远、学子展芳华，东风急。

行香子·观印象西湖

水静蟾明。柳弱岚清。影迷蒙岸曲桥横。风传天籁，目注神凝。伴水中月，眼中泪，座中卿。

千年誓盟。同生共死。伤离别天地哀鸣。心随浪涌，意逐云腾。醉一湖歌，一湖舞，一湖情。

卜算子·咏水仙，用毛主席《咏梅》韵

　　千里雪花飘，一片春光到。金盏银盘玉骨铮，袅袅迎风俏。

　　朝暮吐芬芳，春讯谁来报？不与梅兰论色香，独自嫣然笑。

荷塘月色

笛韵随风拂绿杨，月光如水泻横塘。

一帘幽梦蛙声断，万缕薄纱荷叶藏。

飘渺弦歌融夜色，婆娑树影透清香。

徜徉仄路心难静，客绪悠悠寄故乡。

【第2季】

抗疫吟

忍听夜半楚弦哀，霜雪漫天欲压梅。

耿耿冰心辉海月，潇潇泪雨湿尘腮。

悬壶仲景高嵩仰，济世南山妙手回。

万里东风吹大地，杜鹃啼血唤春来。

合川钓鱼城怀古，用郭沫若韵

几经烽燹一山城，拔地倚天三水萦。

戈舞千家扬宋帜，血流卅载拒元兵。

情同碧月歌文相，功在神州仰岳卿。

纵目烟云随浪逝，栏杆拍遍意难平。

贺泉州宋元中国的世界海洋商贸中心申遗成功

古渡波摇一月明，刺桐花俏满天情。

凌霄海燕惊涛搏，筑梦先贤热血倾。

红日新催霞烂漫，初心不负气峥嵘。

欣看晋水千帆竞，又鼓东风万里征。

读苏轼《念奴娇·赤壁怀古》感作

皎月半轮镶九天，清光满榻照无眠。

雪飞赤壁惊涛拍，泪落乌台冤案悬。

自抱初衷坚若铁，堪怜豪杰逝如烟。

大江东去今犹唱，一脉诗心万古传。

咏鹤其一

一唳九皋云水间，山河万里任君翩。

玉潭照影洁如雪，振翅扬风舞昊天。

咏鹤其二

冲霄一去已千年，鹦鹉洲头望眼穿。

九夏于今风色好，仙禽何日唳江边。

咏鹤其三

英姿直节效高贤，子晋乘风奏玉弦。

吾亦常怀云外志，唤来玉羽共翩跹。

咏雁其一

旻天万里气融融，影带长河落日红。

一别经年今又遇，衡山云外舞飞鸿。

咏雁其二

平沙漠漠雾蒙蒙，几度啼秋动碧穹。

翅拂楚山千里月，声扬湘水一天风。

咏雁其三

横飞一字舞长空，阅尽千山梦未穷。

最是回峰君怅望，几多乡思月明中。

题晚霞

紫氛尽夺万山苍，浑似仙娥着锦裳。

拙句每羞无色彩，可收霞绮染诗囊？

残荷

几番风雨几番霜，枯叶萧疏倚夕阳。

莫道芳华零落尽，犹存铮骨播余香。

长江邮轮上远眺神女峰

巫山飘彩霭，神女立危巅。

比玉花犹妒，凌波我独怜。

相看方片刻，伫候已千年。

隔岸君邀舞，中秋月正圆。

咏白鹭

遥疑飞白雪，近见舞轻绡。

翅剪惊涛疾，梦追高渚飘。

志如沧海壮，影匹玉人娇。

安得腾双翼，随君骞九霄。

【第2季】

咏梅

矫首昂天际，迎风伫岭巅。

冰心明月照，红萼暗香传。

驿外凌霜洁，丛中傲雪妍。

罗浮欣入梦，疏影共翩翩。

蔡瑞义

咏竹

一生呈本色，千载荐知音。
瘦骨风难折，高怀雪共吟。
凌霜因劲节，破土更虚心。
俯仰云烟幻，清标傲古今。

咏松

一树金泥诏，千年立八荒。

笑梅开又谢，匹竹翠尤昂。

浩气凌天地，虬枝傲雪霜。

大夫名不朽，万壑舞云裳。

拙作《香江时局感怀》四十六首在报纸全版刊登有赋

两年心血沥，一纸任风行。

仰日初衷在，高歌赤帜擎。

挥戈驱黠鼠，献句颂贤英。

漫道修途远，龙骧万里征。

拙作《抗疫吟》四十二首在报纸全版刊登感作

寰瀛笼瘴雾，碧宇落狂飙。

两载风云幻，一心魑魅消。

丰功存玉册，浩气入青霄。

俚句摅胸臆，衷情涌若潮。

无题

登高怀故土，对月诉衷肠。

梅傲千山雪，风吹两鬓霜。

是非当自审，民物岂能忘。

毁誉随云逝，胸中后乐藏。

辛丑重阳感怀

故土三生念，群山一月昂。

茱萸簪白髮，枫叶染青岗。

方惜池荷老，又闻篱菊香。

弟兄台海隔。何日共称觞？

坐上高铁去台北

近日，一首《坐上高铁去台北》的歌在网上热播，遂有此作。

禹甸东风荡，鲲洋鸥鹭翾。

一龙腾海峡，两岸共婵娟。

鼎祚千年盛，愁肠几度牵？

弟兄离别久，今夜醉无眠。

初秋

抱桐蝉渐隐，沐月露尤清。

荷老横塘浅，乡音待雁鸣。

5

【第2季】

当代诗词

十一家

李晓明

新西兰华人，留英经济学博士，新西兰梅西大学金融经济学讲席教授、博导。业余习作古典诗词，多次荣膺国内诗词大赛等级奖、优秀奖。诗词作品发表于各种微刊、纸刊，个人诗集《闲韵野律》由华文出版社出版。现为中华诗词学会会员、安徽省诗词协会会员。

诗道由心，诗语由真，诗趣由于道，诗色由于新。晓明先生虽久客新西兰，但汉语言文字功底从其诗词可见一斑，令人羡慕。熟读唐诗者，未必能题诗。落笔如自我，方可为诗人。诗者须有仙气，超然物外而复道于物，捻却时空而驭灵于心。情理之中，意料之外，神思使然之。尤见《诗词创作感怀》，莞而一笑，"浮华删尽精华在，更遣心舟泛石湖"当为明心见性。创作之源皆在诗外，物我两忘，又相挂怀，入境也。

　　观《卜算子·月》，其趣在一个"梦"。《卜算子》乃双调，上片以梦贯穿。不梦但又梦，梦亦分前后。花月皆成影，情味吟不够。实中幻虚，虚中品味。若问耐读者，实则以景中含意者为上。《摸鱼儿·神游大洪山》一篇，景描功夫可谓用心。景域随笔拓展，曲中尽染沧桑。时间与空间的交错，飞旋一缕神思。绕山而起，五彩斑斓。笛声唱晚，天水之间。词中造境，虚实相幻。所谓神游，的确看到了那种不羁的任性。写的是山，而超然于山。听的是曲，却是云横秦岭，闲愁满襟。

　　词韵牵动，委委旋旋当如是。吟律若馨，平仄高低自含风。晓明当擅律，七言八句之排布，雕琢讲究，横竖精工。赏《人生秋至有感》一律，未见悲秋漏夜唱，却伴君子四季痴。"月色白从秋雨后，枫林红到雪来时"，击节称之，是好句。诗语之韵味，不可言状，品之赏之，尽在一目间。诗词之义，心性也。

读楚愚①《删尽繁华剩简明》歌

先生卓荦风骚手，每吟醇似呷醴酒。

醴酒喻之醉复吟，吟际幻见神交友。

罹咎云烟暂遮峰，经霜丘壑终罗胸。

看他嚼月腾疋马，看他临涯探海龙。

冷眼难容蛇鼠嚣，诗化冷眼带钩雕。

讽世婉切风人旨，风人旨淳益补牢。

忧乐焉辞天下共，摛毫无分雀与凤。

边村市井惜庶黎，恻恻争不幽怀动。

我观雅句长叹起，渐入别具匠心里。

情理堆出意境殊，隽词如注沁俗髓。

寻常字句皆元胎，寻常景象犹新材。

大千万物蕴真趣，趣竢刀尺巧剪裁。

内纳中气缓缓吐，豪语隐雷久谁阻。

翻笑野战攻坚呼，一响爆竹声则去。

百尺求进于竿头，睥睨丛篁双清修。

当代唐峰宋岳作，言诠也新子昂眸。

展卷浑如跻崒嵂，跬步徐积日复日。

流光掐指已数年，濡墨思摹大师笔。

儒[2]独说者忆雪堂，公所痴兮坡仙铓。

期舟心泉共一脉，此脉何是不须详。

①诗人熊东遨，号楚愚。

②"儒"，指前辈诗家刘家传，其有诗云："春秋正富好推敲，实义根情气自豪。屈指吟坛多后秀，逢人我独说东遨。"

忆登岳麓山成五古二十二韵

乙未初夏，余赴长沙参加金融国际会议期间，偕与会嘉宾（包括诺贝尔经济学奖得主）登岳麓山。彼时几不知诗词为何物，故未留篇什。爰补赋五古一章追记之，亦聊以抒新年之感耳。

万里归鸿嗟，无篇嗣芳躅。渐谙风与骚，补今潇湘①掬。楚山灵秀钟，吾独倾岳麓。回雁上接元，衡霍兹伸足。举眼苔阶行，云白悬树绿。或眺移帆遥，或披岚为縠。入林鸟诵弦，溪疏雨后瀑。停车坐枫林，后辈②巧对辱。爱晚新亭名，纠偏意何笃。高士许我钦，誉恒芝兰馥。俸金书院修，煌煌世间烛。惟楚毓逸才，于斯洗髓俗。四箴理学传，三绝碑历录。脍炙称千秋，二杜③奉珠玉。八表光明星，

多曾此地沐。书香真脉承，百代国基筑。欣览四海潮，
汇流长沙谷。膺诺奖正宾，建瓴于高屋。倜傥论神州，
兴邦共度曲。酕醄醉前朝，陟峰偕相勖。数载惊须臾，
尤惊龙腾速。古城异年年，企更春溢目。

①放翁有句云："不到潇湘岂有诗"。
②后辈，指袁枚。
③二杜，指杜甫、杜牧。

虎年有寄

不曾紫气来函谷，揖别青牛乘玉虎。

九点烟遥思碧云，万邦疠久空渊古。

雪侵草木始滋春，日照冰峰终化雨。

侧耳壬寅啸俟腾，声威欲挟风雷吐。

贺余留英校友崔占峰①当选中国工程院外籍院士

占峰巅自得曦朱，已惯跻陵仄径徂。

次第峨冠寰域宠，廉纤膏泽草莱苏。

是他一寸盈黎首，助此三千激壮图。

也抱寒山霜月梦，钟声寺外夜听乎？

①崔占峰，卓越生物医学工程专家，牛津大学首位华人终身教授，已任英国皇家工程院、联合国科学院院士，兼任牛津大学苏州高等研究院院长，并创立奥凯（苏州）生物技术有限公司，获苏州市科技奖。

读张继《枫桥夜泊》

休云四句只区区，绝处幽愁味客途。

泛诵妇孺传日本，非关钟漏报姑苏。

寒山古月今仍在，渔火寥星复得无？

湿梦枫桥秋水碧，心舟撑入懿孙^①图。

①张继，字懿孙。

寄谢叶如强先生为《闲韵野律》作序题字

能几牙琴遇子期？点睛落笔墨堪仪。

委心跋①引无痕典，具眼珠探有味诗。

驹隙骎骎催晚径，吟怀耿耿梦春池。

东归不必鹃魂托，满纸肝肠旧雨知。

①指叶先生序末引述孙家鼐题文忠公墨宝跋。

李晓明

悼袁隆平

印堂沟壑写蟠胸，墨是鸡肤倦是瞳。

已使畦摇金浪叠，终成廪似介丘隆。

为天百姓惟其食，去殍千邦赖尔功。

寰宇云听同一哭，留魂隐在夕阳红。

别了庚子

回眸不忍忍回眸，朔晦连篇苦涩讴。

五鼓凄风惊梦断，一年字渗惹云愁。

物因季换衰犹盛，潮被滩排沓未休。

我唱毛滂元日作，东君厚礼是金牛。

李晓明

北师大蓝裕平教授①专著问世权此为贺

一果如何不计秋？怜他蘸叶聚眉头。

浮光织锦难成匹，出岫飞泉始入流。

谁识经年心血字，但书五夜子孙忧。

黉堂士奉朝堂略，向晚余晖豁远眸。

① 蓝裕平教授系本人二十二年前的研究生，其专著《中国经济发展的逻辑》由中国纺织出版社出版，余忝为作序者。

当代
诗词
十二家

女生①返校园补摄师生合影有寄

羁愁别绪两彷徨，幽契綦袍②敛岁光。

屐齿重来亲杏苑，花梢独忆沁书香。

鸣雏凤待清声日，了宿缘期秀骨郎。

此去泉城归鹤梦，梦拴禹甸益敦庞。

①该女生为济南人，受聘于山东大学金融研究院任助理教授。②袍，
指博士袍。

李晓明

父亲的象棋情结①

巡河每忆渡江时，楚汉争雄挟庆飚。

跃马横车能将将，运筹布阵自师师。

尺枰许臆涵云水，世局参玄锁寿眉。

耄耋悠然敲日月，与天共弈一残棋。

①家父年届九十七高龄，系抗战老兵。一生业余爱好为读书下棋，
尝把对弈比作亲历的"渡江战役"。

当代
诗词
十二家

赠内

前缘未了结今生，偌个郎君苦逐名。

衔木营巢经雨雪，催兰茁朵汲云英。

寂寥雀语浑当曲，疏阔心嗔究是情。

菊瘦依然秋水澈，露匀萼叶细无声。

李晓明

久客书老怀用辘轳体其一

漫拾林泉落木黄，吟髭今捻迫榆桑。

径无径处恒心在，才不才间大勇藏。

一味留人沾月露，十分惬意嚼诗香。

跻巅欲掣秋风尾，揽秀迎他九宇凉。

久客书老怀用辘轳体其二

四时代谢即流光，漫拾林泉落木黄。

既诩高风清竹坞，胡教绣口砌云章？

凌虚雁远尘寰小，裂壁松遒气骨昂。

不作飘零迟暮叹，知秋叶梦在青苍。

李晓明

久客书老怀用辘轳体其三

树鸟穿篱闹晓阳，彼家花绽此家香。

闲看草地伤心碧，漫拾林泉落木黄。

读月添松窗小趣，爽神踏石径微霜。

三分一亩①窥天下，笑我由人不自量。

①寒舍占地恰一亩三分。

诗 当
词 代

十
二
家

久客书老怀用辘轳体其四

叨叨无复说炎凉，礼佛心焚一炷香。

万类都归天掌握，半生且付岁评章。

独怜冰雪偕梅白，漫拾林泉落木黄。

追古余年摹李贺，唯将平板作奚囊。

久客书老怀用辘轳体其五

岁杪遐思总未央，心桥无断隔重洋。

那厢嗑嗑追新剧，此屋痴痴醉古装。

孤岛何堪天黯淡，乱人不觉事荒唐。

老来属意秋乡景，漫拾林泉落木黄。

【第**2**季】

人生秋至有感

坎坷生涯寂寞诗，夜阑浅唱入眠迟。

岂因朽谢叹黄叶，好助森荣发绿枝。

月色白从秋雨后，枫林红到雪来时。

天裁万物饶真趣，竹菊梅兰各异姿。

李晓明

异国夏日家乡巢湖秋梦

未至清秋动客思，撄心夏月探窗时。

屏前夜语全归鹤，枕畔湖声半译诗。

织姥山濛帷幕雨，曳芦荻白钓翁丝。

横空雁阵书人字，或问乘流少了谁①？

①全家近日回国，独留余一人工作忙未能成行，见传来视频图片，因作。

当代
诗词
十二家

自题地中海海上遐想留影照

蔚蓝色破一衫红，入画驰思渺邈中。

襟抱毗连三大陆①，史书眷顾半遗宫。

鹿因肉硕经年逐，虎到牙衰不日穷。

此刻游人耽旖旎，怕提异代炮声隆。

①地中海连接欧亚非三大洲，历来是军事大国激烈争夺的海域。考古学家曾发现因地震而沉入海底的法老古城及官殿，此被誉为"海洋考古史上最伟大的发现"。

李晓明

月牙泉

鸣沙只眼此微睁，湛澈秋波写不成。
岂让飞尘潭外入，尤怜落日镜中明。
经多气象知寒热，阅尽时流辨浊清。
最是洗心甘冽水，半宜自鉴半陶情。

168

当代
诗词
十二家

机上俯瞰新西兰纯净山水有感

偶支一榻卧云衢，眼底奔来线毯图。

几点青螺尘不染，数张银网曜真殊。

陵妆偏绿因溪澈，日镜难磨任霭铺。

岂独天公怜洁甚，众生行止净江湖。

诗词创作感怀

墨假吟袍润不枯，子期每问伫听无。

清泉洗句裁明月，闲趣烹茶品贯珠。

曦抹层峰巅独赤，境臻高格臆当殊。

浮华删尽精华在，更遣心舟泛石湖①。

①南宋"中兴四大诗人"之一的范成大晚年居石湖，号石湖居士。

卜算子·月

不梦弄姿花，但梦分辉月。前梦缤纷误眼迷，后梦存高节。

影俏任云磨，星妒魂犹雪。四季探窗不辨谁，一例关情切。

李晓明

鹧鸪天·岁杪答谢国内书法友人书拙句

抱憾诗书未结缘，北霞漫剪补南天。冰蟾夏取吾齑燥，绿蚁冬温尔御寒[1]。

宣有限，识无边，龙蛇衔句两相关。一池浸润心扉墨，滴注青春入暮年。

[1]此作次忆雪堂同调《答长河》韵。新西兰岁杪为夏季。

鹧鸪天·寄谢云帆叠前韵

甫与云帆结善缘，诗槎敢闯九溟天。回翔断雁声曾急，抖落飞蓬雪不寒。

嵌足底，白颅边，亏她指我道阳关。如何故事翻新说？且把心香炷过年。

李晓明

齐天乐·《闲韵野律》①编后感赋

积年心迹如芒锷，凭削菊残梅瘦。萃草之芬，织云之绪，都入茶烟濡牖。银屏我偶。便冷暖阴晴，挚情厮守。键探乾坤，春秋万象任吾袖。

吟魂择处栖息，翰林崇大雅，枕书参透。诗树闲浇，诗花野摘，兀掘诗山愚叟。管他良莠。盖客梦催成，老怀堆就。一石涟漪，可波方丈否？

①《闲韵野律》系本人诗集，由华文出版社出版。南宋黄庚有句云"菊残如倦客，梅瘦似诗人"。

水调歌头·仰月唱东坡中秋词次其韵

　　古月今无影，今月古参天。浩思喷出绝唱，超旷著千年。匀遍清辉九地，难蔽秋空浮霭，江海捧光寒。得趣诘云汉，大道自其间。

　　耽蟹紫，忆枫赤，枕菊眠。不瞻高处，客梦长驻故山圆。更把孤情新旧，迭奏三和邅迤，万类跂归全。我遣酹吟去，桂魄答娟娟。

李晓明

转调满庭芳[①] · 暮春回国登金山慈寿塔[②]

　　葱倩风薰，寻莲[③]归雁，巨溟蓝蔚飞涉。镂金殿拱，一塔岚峨屹。尽弭闲愁决眦，翠意抱、江天吴越。青锋剑，腾空如许，经火淬殊绝。

　　流光催鬓老，翻羡尔、不朽精魄棱骨。信佛云能补，残缺襟褶。俯视芙蓉[④]默句，冰心遣、玉壶霜洁。斜阳下，虚舟远放，连梦接寥阔。

①此词押仄韵，依钦谱（格七）。
②慈寿塔千百年来曾毁于大火、战乱，屡毁屡建，几经修缮。
③寻莲，清代诗人张船山有诗喻金山为"妙莲"，云"那管风涛千万里，妙莲两朵是金焦"。
④芙蓉，指唐王昌龄《芙蓉楼送辛渐》中的芙蓉楼。

当代
诗词
十二家

摸鱼儿·神游大洪山①

　　问何奇、擅名清始，此山雄冠荆楚？洪荒不见汪洋矣，太息沧桑无数。心翼举。俯鄂域平原，望小神州路。镜湖画树。抱碧水双龙②，洞天涵月，五彩幻钟乳。

　　禅宗地，最喜晨钟暮鼓，杞人听散愁绪。摩他雅客残碑句，把臂神交吟侣。骑梦去。摇巨笔、天然盆景移诗土。峰峦争妒。取横尾③风光，色洇襟袖，醒读满身赋。

①大洪山远古时期是一片汪洋大海。
②双龙，指黄龙池与白龙池。
③横尾，大洪山属秦岭山脉东支最尾部，又名横尾山。

6

【第2季】

当 代 诗 词
十 二 家

胡成彪

号湖西迁人，寤移斋斋主，江苏省沛县人，一九五七年十月出生。中国作家协会会员、中国书法家协会会员、中国音乐家协会会员、《诗刊》社子曰诗社理事。一九七六年入伍，一九七八年高考入学，一九八二年毕业回部队提干，一九八七年转业到地方工作。退休前任沛县人大常委会主任、党组书记。二〇一〇年九月被中国散文学会授予『中国当代散文奖』，二〇一〇年十二月被中国书法家协会表彰为『中国书法进万家先进个人』，被《中国诗词年鉴（二〇一一）》列入中国当代诗坛百家。著有诗书画集《寤移斋诗墨》、散文集《寤移斋札记》。

魏晋南北朝是中国诗歌史上的一个重要时期。这一时期，文学艺术上的两个特征不能忽略：一是作为独立人格的"人"的觉醒；二是以五言诗为标志的中国诗歌体式的基本成型，完成了中国古代文学诗歌体裁格式的塑造，从而迎来了诗的唐朝与词的宋代。

胡成彪是当下不可忽略的诗词作家，先前名声似乎不怎么响亮，在我看来是隐藏在喧嚣深处的实力派。胡成彪好像没怎么想诗歌以外的东西，这就保证了他创作的纯粹以及作品的纯粹。他没被时潮所惑，坚守自己的创作主张，一心一意经营自己的诗歌园地，春风松土，露水养苗，形成了清新淡雅、自然天成的艺术气质。"云收星欲出，静坐草含香"（《初秋雨霁》），"沙荒云起处，秋老草衰时"（《西行观感》），"纵横牛背石，零落狗头田"（《沂蒙山中偶得》），"回想船头前夜雨，疑从神女脚边来"（《过巫山县城》），等等，真是质朴有味。

本次收录的胡成彪作品中，五言诗占了很大比重。他的五言诗创作给人以启示，并表明写好旧体诗歌得先把五言诗的门道摸透彻。五言诗多一字不行，少一字不可，每一字都有其独立作用，字字发力，考验的是创作者的艺术感受力与文字表达力。这一关过了，作品不好也难。

胡成彪

初秋雨霁

入暮停新雨，清风送晚凉。
云收星欲出，静坐草含香。

写门前孤鸟

鸟客门前树，啾啾身影孤。

抬头轻唤取，能饮一杯无。

西行观感

沙荒云起处，秋老草衰时。

日暮群山远，天高鸟独飞。

太行山中

曲径桑榆老，晴阶向日斜。

清风无贵贱，随意到山家。

胡成彪

作客乌苏里江畔

云水横疆界，雄关锁碧流。

渔家新客到，径煮岸边秋。

当代
诗词
十二家

感叹西域大海道

壮哉天地间，浩荡接方圆。

大漠遗残垒，狂沙埋旧年。

山横戈壁上，路尽落霞边。

追溯洪荒力，高呼生慨然。

黄鹤楼下夜游江中即兴

江汉相逢处，大城庚子秋。

波光紫霓色，访客上行舟。

把盏清风座，纵诗黄鹤楼。

欲归情未尽，捉句在潮头。

函谷关前说老子

相传函谷道，老子驾青牛。

竹简文章妙，山川云水悠。

阴阳生辩证，天地入沉浮。

规律自然在，人功莫强求。

说咏

久不生佳句，琢磨难出新。

谋篇愁别径，炼字苦迷津。

事物当知本，心情应守真。

溪泉无格律，随遇则宜人。

沂蒙山中偶得

纵横牛背石，零落狗头田。
丛树相交接，藤花自蔓延。
谷中生野果，涧下走荒泉。
逢问家何处，指看云水连。

登高即兴

登高乘酒兴，风送到云台。

田野瞭如织，水天看似裁。

日澄山有韵，心澈境无埃。

妙峤何须访，林深鸟自来。

汉中汉迹感怀

拜将登高故事真，江山胜迹说犹新。

抬头一盏汉台月，照亮当年照亮今。

说楚汉之争

楚汉兴师各有名，江山龙虎两相争。
豪情汇作回天力，剑上风云振有声。

除夕夜咏

仰对中天河汉长，干支交替换登场。

岁华又觉一轮满，午夜钟声听带香。

枇杷树冬日即景

娇蕊饱经冰雪凌，瘦枝横举对寒青。
无弦偏作琵琶读，老叶风来妙可听。

游南京仙林湖新区

参差楼宇起方圆，落座栖霞山外山。

恰在云舒云卷处，一城好水满湖天。

宝应荷园初秋写意

射阳湖水借晴光，细柳沿堤倒影长。

绿叶尚留前夜雨，红花已别暑天香。

做客图们江边明锁山庄

天色晴明放眼收，图门锁钥一江流。

青山遥望无穷碧，坐享何须万户侯。

周末春行小记

三月春行身渐乏，河边小憩卧黄花。

清风着意催香梦，醒见枝头日欲斜。

湖边人家

门前老杏两三棵，屋后新桃四五行。

深径半芜来客少，野花无语自生香。

秭归五叠水即景

叠泉舞练接重霄，云色悠然黛影高。

陡壁峭崖何造就，信知天力岁如刀。

过巫山县城

巫山故事巧编排，传说襄王旧庙台。

回想船头前夜雨，疑从神女脚边来。

山居写意

岭前散漫步斜阳，院落幽然一境藏。

红杏枝头开正好，隔篱窥取有余香。

运河岸边人家

微山西畔运河东，次第人家绿韵浓。
夏草初生风软软，春光乍别水溶溶。
院前柳陌来新鸟，墙外榴花落土蜂。
夜月疏摇新梦浅，时听蛙鼓叩门墉。

湖边人家

棚屋挨湖菜满坡，鸡鹅檐下漫争窝。

清风早绿墙边柳，细蕊初妍篱上萝。

市远虽无豪席宴，景明自有妙翎歌。

主人笑口问来客，我与神仙比若何？

太行山行

昔时曾做狂少年，志可凌云气如山。
投笔壮行两千里，铁马戎装十一年。
当兵就在山深处，太行四面皆层峦。
登高常见百重岫，往来只在一线天。
三月绝顶叹积雪，九月空谷惊早寒。
四月绿杨初遮眼，十月枯枝落满川。
野营借宿黄崖镇，夜临村庄不扰民。
明日再踏盘陀路，老幼争睹解放军。
牵手涉过清溪水，抬头问讯牧羊人。
至今犹记岭前树，坡上柿子黄似金。
太行十年过匆匆，归来夜夜入梦中。
晓镜渐觉岁华老，痴心未改旧时情。
无缘长做山中客，有意复临岩下风。
入山相问别后事，故地年年新月明。

浣溪沙·航空即景

　　万里行程万里天，晴光遥对望无边。白云漫卷接方圆。

　　暂远纷繁人世外，俯看浩瀚旅途间。林遮峰岭水横田。

浣溪沙 · 过大明宫遗址

墟上风云读盛唐，个中往事问兴亡。大明宫
阙旧华章。

岁月有情留胜迹，江山无意送残阳。浮华落
尽是沧桑。

浣溪沙·秋收小记

　　数亩耕田入壮秋，新粮正好趁晴收。眼前薯块似牛头。

　　稔熟风光增好岁，丰腴景色载乡愁。归来把盏更悠悠。

浣溪沙 · 晨起偶得

　　鸡唤拂晨惊梦香，醒看旭满日临窗。起身又继一天长。

　　秋满当为新意境，心闲便是好时光。归来岁月不慌忙。

7

【第 2 季】

当代诗词
十 二 家

段维

字不言，自号抱玉散人。一九六四年生，湖北英山人，法学博士。曾任华中师范大学出版社总编辑，现任华中师范大学政治与国际关系学院党委书记，新闻传播学院教授，兼任中华诗词学会乡村诗词工作委员会主任、湖北省中华诗词学会会长，《心潮诗词》评论双月刊主编。公开发表学术论文百余篇，出版学术专著四部、诗词集一部，二〇一三年获首届荆楚诗词聂绀弩奖，二〇一六年其百余首诗词入选《二十一世纪新锐吟家诗词编年》一书。

段维是由乡村步入都市的诗人，且有城乡两种生活经历。更为重要的是他生活在农耕文明加速转型为现代文明的时期，对乡村有一份难以割舍的情怀，其作品表现的是已经离乡进城的"城市人"视角里的乡村物事与诗人心绪。读者了解了这样的诗人背景，就能体味其诗的好处与妙处。

"儿时些小事，甜蜜到心酸"（《回老屋帮厨忙年》）。"甜蜜"是与儿时伙伴在一块时单纯的快乐，"心酸"是当时的贫困和今日已经找不回来那种"单纯的快乐"的遗憾。"水衣争泛绿，应是故人稀"（《老家山塘》）。山塘依旧，争明泛绿，可是老木苍颜，故人稀疏，深沉的生命慨叹，有绵绵不绝的思绪在。"闹荒独枯坐，启齿久相违"（《老石磨感忆》）。石磨是人用来磨谷豆类食物的工具，然诗人少年时留下的这一"石磨形象"，如今过来人读之真有辛酸之感。

段维写父亲的诗很是珍贵。"啼破长宵月尚西，开笼放出领头鸡"（《老父开鸡笼》）。鸡鸭是农人的特爱，应比今日城里人养宠物的感情更深一层，因为不只有"惯听司晨号"的精神需求，更有农人小钱柜的物质需要。老父晨起开鸡笼的样子，那种快乐与满足，真让人会心一笑。

作为转型时期的一位学者诗人，段维以民胞物与的慈爱情怀，以细腻的情感笔触描摹了他的乡村世界。他的诗从小题材、小细节进入，却能反映社会历史的大面貌，具有诗歌史意义。

回乡速写

秋光争抢眼，悲喜竟交锋。

黑发忧霜白，青枫拍掌红。

偕妻回乡避暑戏题之一

灶择松针火，荤挑翘嘴鱼。
啰唆两不厌，都当听评书。

老家

屋前临水背环山，春夏冬来各洞天。

乌桕红簪秋最好，好秋半在拂尘园。

题老家门前水泥地中间小草坪

葱茏绿破水泥灰，铺晒陈年梦一帷。

狗打滚和猫闪扑，看如小伙伴回归。

腊八粥

清香缕缕绕心胸，回织儿时小彩虹。

邻舍小妮匀我半，至今块垒未消融。

远程视频见老家起雾

晓雾沉沉潮欲生，炊烟无力作蛇行。

父亲过继萌萌犬，吠暖孤村八九声。

油菜花

风逐诗行浪浪高，催生比兴不蹊跷。

儿童追失几黄蝶，花粉传扬自宋朝。

老父开鸡笼

啼破长宵月尚西，开笼放出领头鸡。

一时膝下多争宠，呵斥声中喜上眉。

家乡夏秋久旱而老父优先浇园花有寄

井枯田裂黍禾蔫，些水瓢分花占先。
青紫红黄葆一二，平安衔接起春天。

【第2季】

煎制家乡小河鱼下饭感赋

岁月流金在目前，小鱼慢火带油煎。

儿时故事老来味，不到焦黄不解馋。

回老屋帮厨忙年

土灶暌违久，装神显几番。

添柴烹腊味，抹泪呛厨烟。

陶瓮泉疏活，筲箕米滗干。

儿时些小事，甜蜜到心酸。

晨雨连绵，开门后一只小鸟飞入室内

旅路多风雨，厅堂欲歇肩。

横斜绕三匝，婉转递千言。

尖喙时梳羽，明眸似乞怜。

未能通鸟旨，自觉负衣冠。

老石磨感忆

阴阳永磨合，天地半轮回。

谷蜕碎金壳，麦迎瑞雪雷。

闹荒独枯坐，启齿久相违。

只眼长相望，幽情从未灰。

豆苗久旱得雨

地若金龟裂，云翻洗砚池。

暑消兜顶雨，苗似落汤鸡。

绿荚霜毛竖，紫花蛾翼飞。

嗖嗖听拔节，戚戚久相违。

老家山塘

记忆似沉璧，探之何所依。

流分春燕尾，鱼戏月蛾眉。

老树久欹岸，枯藤犹绕枝。

水衣争泛绿，应是故人稀。

居老家返校前帮父亲搭建鸡圈并于邻家约得小鸡数只

瓦覆石棉旧，栏围铁栅新。

怯生宜禁足，驯熟自由身。

惯听司晨号，宠成绕膝孙。

比人知报答，不弃日娱亲。

初秋山居之一

山深岚翠重，歧路逼回头。
藤向腰间揽，溪从脚背流。
窗含眉样月，露滴树梢秋。
心境惟空阔，天然合放舟。

初秋山居之二

拂晓凉侵骨，日中生虎威。

秋蝉吊嗓涩，柳叶蹙眉低。

泉漱清潭雪，纶垂白石矶。

空空归也晚，欲与子陵期。

小院小池

镜面微微皱，回廊曲径风。

野花侵岸紫，锦鲤向人红。

横渡石桥瘦，通常日影重。

闲云久沉碧，终与我相逢。

节前回老家看土砖房拆建初成步宋彩霞 《元旦诗》韵有寄

节临元日旋风行，故里山川暮霭横。

几绺泉声从未老，一潭月色竟如婴。

虽无祖屋供瞻仰，却有明窗鉴迭更。

八秩父亲何有幸，脱贫报表曰完成。

拂尘园瓮栽太空莲花开有寄

云汉归来何所依，芳心南北复东西。

请君入瓮无非我，灭顶之灾全赖泥。

数叠清圆掩珠泪，花红双颊饰胡姬。

传杯人在烟霞处，惟恐重逢事已暌。

题故园雪后照

危峰云蔚隐峥嵘，笔架依山人赋能。

雪白消藏泥垢地，河清幻化水晶屏。

拂尘园僻余空界，赏月亭幽但共情。

老父送行输却柳，每回垂涕不垂青。

窖酒歌

　　友人擅酿造，馈我何其慷。瓶盖启未半，堂屋
旋流香。想见高粱红，想见苞谷黄。山坡秋纵色，
山人歌佐觞。念此亦小抿，直如炭滚肠。何以葆其
质，来年就壶浆。网购紫陶瓮，土法调阴阳。左右
偎河沙，其上覆泥浆。此际如烈马，长窖性驯良。
静待归田日，倾倒出芬芳。最喜故人至，雨后复斜
阳。其时齿残缺，其语多慈祥。拈出恩和怨，颗粒
尽琳琅。苍颜红借酒，玩笑偶郎当。某某和某某，
对对又双双。言罢微鼾起，皱褶了月光。

乡间采芹歌

　　有田抛荒，有草莽萋。有水长流，有沐淤泥。春回阳气渐，水芹叶葳蕤。须根类葱白，齿叶振羽姿。飞茎半翡翠，阳绿沁琉璃。后半尽凝脂，鲜嫩如柔荑。轻挪没膝靴，仰杖得帮扶。状如过草地，失足或呜呼。采得芹盈抱，异香透肌肤。一把赠邻舍，笑容直可掬。一把赠访友，情同解佩玉。一把自加餐，其味脱凡俗。余欲献庙堂，倏忽生局促。

拂尘园芦竹

像芦亦像竹，非竹亦非芦。有节但偏软，有心未尽虚。粉筹包疵老，霜凌仍萎枯。秋深头未雪，黄褐比冠凫。邀枫耻为伍，映月见疵污。客梦不曾系，断雁岂相呼。莫不是杜陵所称之恶竹，万竿斩尽遵其嘱。废材或可充灶薪，试之光焰不及烛。春来又笋脆而青，老父误呼芦笋名。掰来柴火爆炒油盐焗，食之苦比黄连足。真个百无一用也，书生可否藉此去其辱。

临江仙·园中葱

岁月青葱常忆及，此时直面青葱。倒悬湖笔怒成丛。
莫非心底事，罄竹也难工。

过雨毫端珠似泪，晶莹返照眸中。摇摇坠落即无踪。
刨根寻究竟，露白玉玲珑。

菩萨蛮·故园秋感

夜阑捕捉秋消息，风疑染指香曾识。蚕语细如丝，缠绵未尽知。

露浓星欲滴，枯眼何能及。徒羡浴凉蟾，天池鸡尾蓝。

齐天乐·推自制小车陪老父打年货感赋

　　日常哑轧山阴路。逶迤乱肠无数。满月新丸，残阳老饼，人在其中吞吐。生涯如许。叹愁拧缰绳，寂怜猫鼠。裹腹三餐，垒银铺玉有何补？

　　艰辛泰然未诉。幸苍天助我，年暇三五。共扫前尘，同温故事，父子唏嘘相抚。闲情漫与。试采购丰收，旧途重顾。画面当年，小车迎弹雨。

念奴娇·故园之夜

　　星垂大野，与蹁跹渔火，偶然相接。泼剌一声如短路，划出一弧江月。场景依稀，船家代换，幸我仍偷活。草蛇灰线，未将今昔分割。

　　莫忆拍手狂歌，呼儿买酒，醉里生瓜葛。坦腹楼台风绪止，让与鸣榔蓬勃。唤起多情，梦回太古，渔猎为人设。网红相较，迩来依次崩裂。

【第2季】

当代诗词

十 一 家

鲁平辉

湖南岳阳人，中华诗词学会会员，高级工程师，注册造价工程师、注册一级建造师。诗词近作在《中华诗词》《大地文学》《诗词世界》等刊发表，并多有获奖。

我常常想，诗人是如何成为诗人的呢？是因为他发现人们的生活不仅仅是简单的物质填充，同时还有一种叫做"诗性"的"感知物"不经意地彰显着它的美丽。观鱼是平常日子里惯见的事情，诗人鲁平辉发现观鱼者不只自己，世界上的好些东西，比如狗呀猫呀，甚至鸟呀树呀云呀风呀什么的，说不定此时都在观鱼。

现在，诗人看到的是一只猫在观鱼。形态若何？是"弓腰喜看鱼来近"；猎鱼不着，懊恼皆因"却隔中间水一层"（《观鱼》）。诗小，然诗思活，张力大。诗人表达的是人与自然的关系、人与社会的关系。"却隔中间水一层"，具有人类社会学意义，生活中的许多不如意、不成功，皆源于此。猫喜食鱼，然不习水性，自然奈何水中鱼不得。而人的能耐比猫大，能破水猎鱼，将鱼做成盘中美食。如何知己知彼，认识这"水一层"，题解这"水一层"，是为成功之大法。期待诗歌创作者也能破题艺术的"水一层"，以达春风词面、雨露诗心的快乐之境。

鲁平辉的诗词创作也就是近几年来的事。他起步较晚，但没走弯路，又好学多思，谦谨勤奋，诗艺日增。他阅历丰富，视域面宽，且有域外生活工作经历，更为重要的是具诗人气质，慧心如火，能致物物通灵，一点就着。我们有理由期待他的诗歌创作有更好的表现。

燕都行之登黄金台

郭隗一去二千年，谁扫金台易水边。
莫向燕云深处望，昭王城外草连天。

燕都行之访易水

燕市空寻太子丹，黄金台外草如烟。

至今多少悲歌客，都在秋风易水前。

北京冬奥之奥林匹亚之约

闻说周人唱鹿鸣，奥林匹亚众神惊。

如今尚忆当年事，共约东方看北京。

北京冬奥之雪中即景

晓雪新开白玉屏，红墙碧瓦杂丹青。

皇都遥看斑斓色，不信人间画得成。

北京冬奥之颁奖台

唱着神州第一词，摘金台上泪如丝。

鲜花虽有佳人送，却是健儿将别时。

涞源晚望

古道尘封探未成，云中犹望亚夫营。

边城日落人行少，狐塞^①何年月独明？

①太行孔道之一的飞狐塞，又称飞狐道，大体南北走向，南端出口在
涞源近郊。

飞狐古道行

一山未尽一山横，云自飞兮柳自青。

夹道千秋阴岭雪，叩关已过代王城。

飞狐道怀古

常山西北望云中，千里飞狐一径通。

独有磨笄峰上血，终成开国赵时功。

天风寂寂人烟少，岁月悠悠关塞空。

闻道羽书飞瀚海，旌旗十万出居庸。

晨望

夜沐春风醉，心随往事空。

扑帘芳草绿，入目海棠红。

【第**2**季】

郊游戏题小女

闺中网约到农家，绕屋青山菊正花。

最是东篱看不足，自将小凳摘秋瓜。

257

观鱼

柳拂池风叶叶轻，狸奴细步蹑无声。

弓腰喜看鱼来近，却隔中间水一层。

七月七日访卢沟桥

古道蜿蜒出宛平，波光摇乱万家灯。

只今惟有卢沟月，曾照硝烟动地生。

观采访加沙市民视频有感

残垣破壁了无涯，中有巴人万万家。

日落不堪闻野哭，尘飞犹更炸加沙。

庚子除夜

独为防疫客京华，醉在同门故旧家。

梦去不知春晚散，归时更觉夜无涯。

怀念金庸先生

如椽大笔写天龙，千古江湖一径通。

曾向书中寻夏梦，醉从杯底认乔峰。

马赛马拉大草原即景之一

谁驱万马逐云烟，两两将雏鹿放闲。

引颈来趋如有语，莫非于我问人间。

马赛马拉大草原即景之二

碧野秋肥五彩云，草深时见兽来群。

狮王从不轻言语，一啸千羚万马奔。

马赛马拉大草原即景之四

金狮锦豹旋风镖，万马奔如八月潮。
一片低云将雨过，兽潜鸟散草萧萧。

肯尼亚重访蒙内铁路有怀

蒙内憧憧入海烟，当年汉使泊楼船。

古丝路上帆争发，大草原中鸟正喧。

身逐闲鸥临浦口，心随奔马上云巅。

今逢世外偏安地，不似人间自在天。

巴陵即事之登岳阳楼

无限江山四水长，左曾往事付沧桑。

斯楼不改千年色，翰墨犹闻庆历香。

巴陵即事之屈子祠

去国怀乡只苦吟，离骚一唱到如今。

怀王不醒孤臣远，汨水犹惊未醉人。

诗　当
词　代

十
二
家

巴陵即事之湘妃祠

湘君泪尽竹斑斑，情断苍梧皆未还。

今有几多家国事，八千湘女老天山。

巴陵即事之无题

渔歌闻处到潇湘，梦里湖鲜始得尝。

人道泛舟云梦泽，羹汤犹带芰荷香。

登岳阳楼其一

渔舟隐隐唱斜阳，水尽君山两渺茫。

漫卷诗书吟屈宋，中兴将相话湖湘。

凌烟阁上人何在，屈子祠前秦不长。

多少兴衰忧乐事，岳阳楼望汨罗江。

登岳阳楼其二

四水奔流云梦开，烟波千里绝尘埃。

情为何物湘君去，月度关山雁影来。

曾子平戎还岳麓，左公栽柳接轮台。

百年回首风云起，多少湖湘天下才？

周末

当年逐梦到京华，望尽江南不见家。

高铁新通桑梓地，一周一试洞庭茶。

节后复工题雅万高铁

上元灯近夜辞家，万里风霜客爪哇。

十载未圆高铁梦，不知梦里是天涯。

春日高铁游

斜风吹柳叶初黄，与客携壶向远方。

粤海还君春色早，关山任我少年狂。

百城灯火连天宇，万国衣冠朝汉唐。

闻道爪哇传远信，复兴高铁下南洋。

鲁平辉

北京印象之晓入清华园

一随流水园中绕，风动绿荷香袅袅。

隔岸依稀学馆钟，此间亭榭人来少。

北京印象之春游南锣鼓巷

朱门灰瓦百千家，古巷深深路几叉。

花落花开春未老，人来人去客如麻。

五侯宅里翻鸟雀，茶肆吧台听吉他。

高柳何时夕阳下，不须美酒送生涯。

9

【第2季】

当代诗词

十二家

何明生

江西修水人，江西省作家协会会员，中国自然资源作家协会会员，中国水利作家协会会员，《大江文艺》编辑，修水县溪流文学社副社长。诗作散见于《诗刊》《中华辞赋》《中华诗词》《诗选刊》《星星诗词》《延河》等刊物。

明生行医于修水之畔，其诗虚承山谷性灵，实见职业修为。读明生之作，有亲切之感。娓娓道来如叙旧，语句明白而不流俗，贴近生活之语，当属新唐风。看《黄龙山春涧》之"绵绵春雨落，沥沥小溪流。涧草无穷碧，溪鱼结伴游"。五绝小片，纯自然写真，给人扑面清新之感。诗之景语就是情语，诗中写景就是写情。"春雨落"当然不同于秋雨寒，随风潜入夜，绵绵如私语。汇作小溪流，沥沥清如许。

《樱桃书院》一诗也很不错："画湾村里榭亭空，山谷遗墟入我瞳"，此句诗味颇浓；"榭亭空"是一个意境，放眼画湾心动，铺来皆是沧桑。诗所以为诗，入眼、入心、入神。神思所在，诗意贯通。目之所及，远之以远，以心为最。诗中景物皆是引，由实入虚方是真。所以，诗人运用的就是这虚实结合的功夫。过于写实则呆，过于写虚则妄，虚实尺度之拿捏，为诗人功底之见证。

"不待扶贫人见问，笑言还缺一娇娘"，偶尔生意趣；"放眼川原上，鹰踪一律藏"，触目皆有感；"相约松山阁，观涛听鸟鸣"，下笔即白然；"窥窗一何久，分享绿芽尖"，便是险韵作诗，亦不见斧凿之痕。

每个人都有自己的诗风，正如每个人都有自己的品格。咬文嚼字是美德，行云流水是气度，明心见性才是诗词背后的回声。如"五更铃响霜天晓"之句，晨风欲晓，诗人永远在路上。

何明生

己亥仲秋宿天津寄内

寒螀唧唧水茫茫，心事重重望赣乡。

中夜西风摧木落，荆妻知否换秋装？

黄龙山春涧

绵绵春雨落，沥沥小溪流。
涧草无穷碧，溪鱼结伴游。

山居

篱树栖山雀，冰蟾挂屋檐。

窥窗一何久，分享绿芽尖。

杨家坪林场小憩

数峰云袅袅，一水绿幽幽。

独坐青崖下，听蝉声渐收。

杂感

谁惹诗人带露吟，山风细细木森森。
树根秋草同春碧，当谢高枝送密阴。

无题

春风吹雨骤，骚客盼天晴。

相约松山阁，观涛听鸟鸣。

梦中舟归

向晚天旋变，雷奔雨似倾。

风摇舟不定，浪打客心惊。

过故里浣纱溪

曲岸埋荒草，垂杨立暮春。

但闻流水响，不见捣衣人。

寄友人

四方庭院覆兰馨，与尔闲聊望月亭。
记否风中清夜永，俩人合数满天星。

无题

三更寒气甚，万籁养其身。

一片伤心月，依偎独醒人。

何
明
生

日暮山行

归巢雏鸟急，投影夕阳斜。

时见泠泠水，潜流片片花。

当
代
诗
词

十
二
家

己亥札记

夜深寒浸草，日出叶凝霜。

放眼川原上，鹰踪一律藏。

浣溪沙·咏藤

　　也许生根在御园，不辞移植到荒山。抽丝苏叶着花繁。

　　无论丹青和碧绿，无分低据与高攀。愈行愈远愈缠绵。

致驻村扶贫工作者

一

晨巡东陌谷，晚护北山牲。
不觉三年里，银霜两鬓生。

二

晴销北村谷，雨种东乡菊。
霜鬓向天秋，丝丝惊我目。

何明生

机上小憩梦见地球

经无边际纬无涯，得尽骚人世代夸。
我立银河回首望，怎看也是一芝麻。

成都行

高铁一停人若何，锦官城里慢经过。

浣花溪满舟摇荡，流水声微石琢磨。

变脸纷呈宽窄巷，销魂最是别离歌。

斜阳落尽秋风起，袅袅椒麻沸火锅。

成都事毕游都江堰

为求诗句出天然，徒步登临古堰巅。

玉垒遍铭前度事，宝瓶犹灌旧时田。

稻椒千里波翻浪，城郭万家楼并肩。

忽地霞飞灵感动，七言律赋李冰先。

双井茶

江南三月雨廉纤，山谷茶书寄子瞻。

玉树年年青未减，新枝片片绿相添。

淡香染就如神笔，清露浮来碧玉签。

双井深居何所乐，山歌唱破嫩芽尖。

庚子岁终路遇阿翁

阿翁排队院门前，口罩难遮气色鲜。

见我路过遥与语，疫苗注射不花钱。

赴京参加医院管理院长高级研修班有感

古都今日百花开，契合春天饰讲台。

愿得名师亲点化，塑成济世大夫材。

樱桃书院

画湾村里榭亭空，山谷遗墟入我瞳。

遥忆先生曾在此，危襟端坐启童蒙。

夏秋田园杂兴

稻子金黄桃子肥，太阳烈烈雨霏霏。

老农歇脚茅檐下，未尽杯茶复又归。

生查子·为修水移民搬迁者吟

　　毕世住山林，寒与饥难耐。今岁得移民，似梦游仙界。

　　人住大楼中，网接高天外。何事占头条？四海销蔬菜。

滕王阁怀古

漠漠时光不记年，君侯庶几没尘烟。

只因秋水长天句，反使滕王入史篇。

己亥仲春廊桥诗会

琵琶声歇笛声扬，舞伴骚人读玉章。

山谷先生尚还在，定来共享此时光。

得闲煮漫江徐君运超所馈宁红茶

山潭取水阁中藏，勺注铜壶待沸汤。

泡出芽尖橙子色，浮来世外蕙花香。

得生天地沾灵露，化入诗词遗玉章。

不舍金樽一人饮，拟邀明月二更尝。

春林兄招饮遇小春君

修水西行古道边，故人招饮谷帘泉。

座中斟酒新朋识，月下赠诗微信连。

仁举善行君种玉，清言雅语我吟贤。

五更铃响霜天晓，一再交杯结此缘。

车过新洲陶咀村

新洲道上遇仙娥，结伴却哼陶咀歌。

路接溪桥平且直，花开别墅大犹多。

参加古艾诗社成立二十周年座谈会

同人围坐画堂边，或诵诗词或弄弦。

听得心头波浪起，起身即赋锦云篇。

《大江文艺》创刊

大江近日创新刊，电脑手机消息弹。

夜半闻之吾甚喜，梦投拙作上名栏。

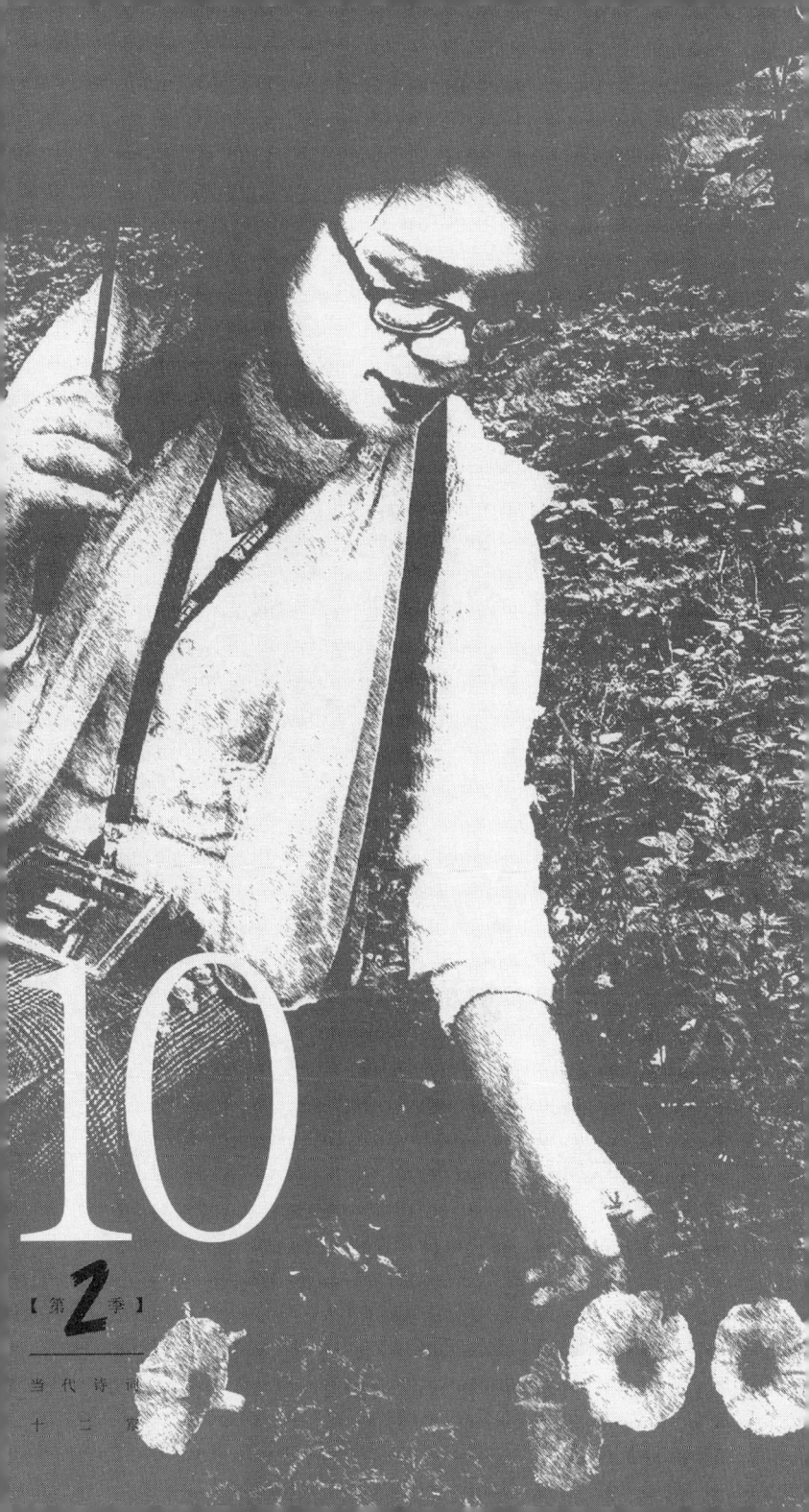

10

【第 2 季】

当代诗词

十 二 家

何其三

安徽宿松人，出版词集《何其三词三百首》、诗集《何其三绝句三百首》。

人是万物之主体。自然之景是因为人的心灵感知才显示出意义与存在价值。如果你想感知自然世界和平凡生活的美好，那就请走近何其三的诗歌。何其三是那种能把平常物事说得非同寻常，且有滋有味的诗人。她的诗歌感受力极好。写戈壁沙丘"才知无水也生波"，写人行之路"人似衣针它似线，缝连异地与乡关"，写山中夜宿"月色一山容我枕"，写情人久不见"拟觅闲愁难见影，也无痴梦借谁传。空心人已少牵连"……她当然不是单纯地写景。她是触景生情，也是借景生情，以此写她藏在心中想说而又只能通过诗歌说出来才觉得有味的话。所谓诗意生活正是如此。

生活中常说某人"无事生非"，这话谁都不爱听吧？但何其三的"无水也生波"，就有这层意思，但又不止于这层意思，能给人哲思，还给人美的享受。没有例外，我们每个人都是走在回家的路上。何其三发现人是针、路是线，缝连的是两地相思。贴切精妙，虽意象传统，然古今同质，温暖朴素，有着急盼亲人回家的期待与喜悦，诗人昌耀不是也说过"前方灶头，有我的黄铜茶炊"吗？生活、心灵与语言，是诗歌创作的三个基本要素。人人都有生活，但只有极少的人成为诗人，这就是心灵与语言起的作用。因此对于诗歌创作来说，最需要涵养的是心灵与语言。心灵与语言又是可以相互作用的。心灵与语言活起来，生活与诗也就活起来了。这是何其三的创作给我们的启示。

山居秋景

庐结云中山作藩，松成庭树竹成园。

菊花开得无原则，屋后门前一样繁。

立秋夜望月

中天皎月照人清，愁绪无端心上生。

床下吟虫窗外竹，今朝过后尽秋声。

戈壁滩见沙丘起伏似水起波澜

江南风景已看多，大漠茫茫得一过。

今见黄沙如浪涌，才知无水也生波。

左公柳

随风犹弄碧丝长，已到秋来叶未黄。

云集柳边非看柳，人人尽说左宗棠。

路

有时平直有时弯，日日迎来又送还。
人似衣针它似线，缝连异地与乡关。

山家

欲觅清凉愿不奢，炎天最合到山家。

院中景色尽人看，半是新瓜半是花。

山中夜宿

夜深炎夏似初秋，陈艾薰蚊烟自浮。
月色一山容我枕，虫声如水绕床流。

鞋中沙

相约云峰去看花，矮坡独坐自嗟呀。

使人难达青山顶，只为鞋中一粒沙。

看雨

入梅时节雨鸣檐，滴沥声中兴转添。

人立窗前长久看，家家尽挂水晶帘。

【第**2**季】

浣溪沙·秋夜

入夜行人何处投？况今时节已深秋。荒烟僻地莫停留。

数阕小词书已就，连宵寒雨落无休。满笺离恨不能邮。

浣溪沙·寻旧迹

　　落尽榴花五月深，萦怀愁绪那能禁。况兼天暮又天阴。

　　苔色无人幽更碧，虫声经雨湿还沉。旧痕久觅也难寻。

浣溪沙·月下独写

　　眉月弯弯一似初，风掀帘处动流苏。夜深睡意竟全无。

　　拈笔却忘人已去，铺笺每惯笑相呼。扭头还问怎生书？

浣溪沙·夏日见胆瓶干梅枝

伸手将拿不敢拿，依然瓶里泛流霞。怕他纷落下尘沙。

一段光阴封印后，隔年春色向人斜。炎天犹可看梅花。

浣溪沙·雨季

雨季年年去又来，红榴花后绿苍苔。有人久立在空阶。

旧恨多生新感慨，新愁终是旧情怀。双眉锁处待谁开？

浣溪沙·夏夜

　　记得离时近暮冬，如今又是石榴红。家乡应与异乡同。

　　悲我罗裙如绿草，恨君行迹似轻风。相思多在月明中。

浣溪沙·夏日过荷塘

　　夏日塘边又一过，绿蜓掠水点红荷。光阴忽觉去如梭。

　　总谓真情同日月，哪知世上有风波。记君嗔我话真多。

浣溪沙 · 月夜

　　卿月今宵似玉盘。推门趁步院中看。露阶趺坐胜蒲团。

　　拟觅闲愁难见影，也无痴梦借谁传。空心人已少牵缠。

浣溪沙

　　不悔当初错喜欢，纤腰如柳气如兰。横波美目
笑弯弯。

　　人在天涯思已惯，愁生心上拂犹难。望君能踏
夕阳还。

浣溪沙·夏天

　　树木阴阴已夏天，早瓜放蔓及人肩。低徊常在短墙边。

　　莫笑情怀还似昨，绝知往事不如烟。新蔷薇上旧秋千。

虞美人·西塘上

　　无边景色同谁赏，怅立西塘上。那时还在我身旁，荷盖摇风吹动白衣裳。

　　眼波似水盈盈最，玉靥天然媚。折花一朵色如丹，记得为君亲插鬓云弯。

清平乐·送别

黯然凝伫，触处添愁绪。只见伊人终远去，不见转头回顾。

开口纵有千言，此心纵使萦牵。输与晓风残月，输与别路遥天。

临江仙·念远

　　芳草堤边宛转，柳条身畔温柔。桃花开得正风流。不堪抬望眼，忍泪只低头。

　　别调常弹非愿，红颜老去谁留？清光偏爱照离愁。怀人添恨处，总在月当楼。

浣溪沙·山居

欲筑吾庐山一湄，门前两树马樱垂。三边蔓草碧葳蕤。

养得尘心清且瘦，从教幽意润还肥。檐低不碍白云飞。

浣溪沙 · 重阳日溪头赏桂子

桂子重阳香欲流，只身独往小溪头。人寻热闹我寻幽。

有意心中存一癖，可教骨里了无愁。有花有梦复何求。

浣溪沙·重上庐山

　　重上庐山又是秋，四围佳景似星稠。引人来往屡凝眸。

　　落叶低飞还宛转，山风不冷反温柔。野花香得没缘由。

一剪梅·暮秋夜雨

　　风万丝还泪万丝。景也凄迷，情也凄迷。西窗曾剪烛花儿，人也相依，影也相依。

　　一去天涯悔已迟。我问归期，你说无期。何堪夜雨正来时，未涨秋池，先涨心池。

蝶恋花·落叶

　　绕绕徊徊嗟叹久。趁步中庭，莫待黄昏后。此刻非惟人恋旧，伤情胜我应还有。

　　寒树阴阴惊影瘦。黄叶依依，不逐西风走。拾起一枚持在手，问她明岁归来否。

临江仙 · 初冬日于桃树下

　　总是年年春好日，枝头粉雾红霞。如今叶落早无花。由来新寂寞，多自旧繁华。

　　记得并肩于树下，曾言桃熟还家。重逢誓愿已成奢。我为君海角，君是我天涯。

阮郎归·忆故人

　　托腮枯坐夜寒凉，蛩声近我床。故人才忆九回肠，暗垂泪数行。

　　芳树下，碧溪旁。同看归鸟双。当时情景最难忘，一身淡淡裳。

【第2季】

摊破浣溪沙·读信

　　灯下痴看两地书，旧时不断近时无。中有玫瑰红数
朵，已干枯。

　　去路从来为去路，归途未必是归途。渐觉故人心有
变，不如初。

1

【第2季】

当代诗词
十一家

唐琳

湖南湘阴人。湖南大学毕业，工程师。诗词作品发表于《诗刊》《中华诗词》等刊。书法作品入展『第九届中国书坛新人新作展』。

唐琳的旧体诗歌写作时间不长，其创作以词为主。她喜欢这种既有旧诗制约又有新诗自由的文学形式，以当代语境入词，释放自己的艺术天赋，创作了不少一新耳目的当代词作品。

手机是现代人须臾不可离身的物件。一次，词人手机遗失，她写"恰如掉了那魂儿""相随日夜成知己，心事千般说与谁"（《丢失手机》），语言俗而雅，表达准确传神，尽显词之体态。

农人见受伤之狐而怜之，带回家疗伤。后农人发现狐为生产队长猎伤，欲取狐皮，正四处寻找。于是农人又悄悄将狐放回山林。这是一个凄美的大地人间故事，也是一对人类与自然不可调和的矛盾。农人选择了对代表"社会"的生产队长的妥协（这里有对生产队长的怜悯，也有害怕生产队长报复的复杂心理）。通过狐"眼中满是泪水"的离别之状，表达了对代表"自然"之狐的同情。《满庭芳·狐》字字如泣如诉，"声断声连"，既展示了词人题材选择与终极关怀的精神向度，又展示了词人的文字驾驭能力。

下雪天，六角雪花贴上窗玻璃，人们围炉向火，拉琴唱曲，聊天喝酒，好一幅江南雪景图。相思人端起酒杯，映照出杯子里的一双人影，不觉满面羞红（《生查子·小雪》）。这种生活里的小细节，词人随意抓来，特别的活泼动人。词有诗到不了的地方，即词能够表现人幽微的心里活动。看来，唐琳深得王国维先生"要眇宜修"的词之精髓。

霜天晓角·深夜习书

　　披衣倚案，沐手磨香砚。深夜墨粘寒露，宣纸薄、轻舒展。

　　笔端思绪远，缓书娇字篆。谁解个中滋味，道不尽、浮尘怨。

蝶恋花·春游五尖山

　　闲望五尖山雨后，山北山南，翠竹涛声厚。摘绿裁红香满手，新花雨洗风吹瘦。

　　几处碑林呼我走，墨韵神来，妙手天成就。独有春愁花邂逅，相思种后君知否？

青玉案·桃花坞

桃花山上桃花坞。有一棵、公孙树。十手相牵才抱住。举头凝望，风呼云舞，大梦枝头驻。

霞光一注红天路。金果银花满山吐。玉女盈盈忙摘取。乘鸾来去，问她不语，笑我江南女。

满庭芳·狐

农人林中邂逅红狐。狐被猎枪击伤，悯之，用药细心以疗。后农人发现狐为生产队长猎击，欲取狐皮送情人，正四处寻找。于是农人悄悄将狐放回山林。分别那一刻，红狐不肯离去，眼中满是泪水。

离别如昨，相逢如梦。红狐泪眼涟涟。深情凝望，难舍更难言。唯有枝头莺语，低低诉、声断声连。谁忍去、独留孤影，冷落老寒天。

悲欢，常记起，娇波频转，花月缠绵。任云雨巫山，天上人间。且向林中密处，欲寻觅、旧梦新圆。空相守、风摇叶落，最苦忆红颜。

清平乐·真隐亭

南宋端明殿学士陈一发辞官还乡，携妻隐居于湖南岳阳县公田镇青林古洞，居住茅棚，取名"真隐亭"。

藤牵莺领，处处深深景。真隐亭台苔色冷，留下斑斑霜影。

三间茅屋凉棚，千年风雨人生。最是江南侠侣，风流犹说曾经。

浣溪沙·雨后仿玉佛寺

玉佛寺在湖南岳阳市金鹗山。

　　雨后山青湿鸟音，婆娑老树宿浓阴。晴光细敛万多金。

　　眼底浮云观世界，门前翠柏净凡心。佛缘笑面众生寻。

浣溪沙·黄花青草忆童年

二月村风拂柳笺，相携素手去江边。黄花青草
忆童年。

我问相思曾寂寞，君言丝缕总缠绵。回眸一笑
是春天。

定风波·听湖轩垂钓

　　打点闲情小港行，池塘烟树竹阴棚。数杆犁开波浅笑，垂钓，谁家小女正呆萌。

　　况味人生常懊恼，多少？且随风雨上秋藤。独向田园寻觅处，携侣，秋光篱菊淡如卿。

唐琳

临江仙·失宠狗旺旺①

　　昨夜归来呼小犬，找寻未听琮琤②。书房寂静冷如冰。闻风须探看，坐起不堪惊。

　　灯亮门虚人不寐，盘中清点鱼羹。荧屏不忍看骄兵。深宵难入梦，空手染鱼腥。

①旺旺，是一条纯黑导盲犬。二〇一三年九月六日晚出门走失未归，痛之。
②琮琤，指拴在狗脖子上的响铃。

当代
诗词
十二家

鹧鸪天·绿满兵营

　　重到南疆白发增，军歌又起旧兵营。当年惜别榕枝小，今日相逢绿满庭。

　　追往事，略功名，金樽辉映小羊城。戎装不褪青春色，岁月难抛战地情。

水龙吟·古楼日落

　　夕阳西下楼头，柔风一缕青丝软。春来过半，江南嫩色，柳眉娇眼。水阔云开，红霞向晚，船帆轻卷。有游人共赏，洞庭波影，斜看是，鸳鸯伴。

　　此刻水边人静，独徘徊、心随波遣。传来吹笛，几分幽怨，应为谁念。忧乐楼前，洞庭湖畔，潇湘人远。问归舟何去，飘零多久，载莺和燕。

生查子·元夕

二〇一四年农历正月十五元宵节是为公历 2 月 14 日情人节。

圆月若汤圆，喜补人间缺。红杏寄沦丁，浓淡相思结。

暖手执玫红，秀笔留香帕。咫尺又天涯，欲向何人说？

浣溪沙 · 访清水村

　　结伴闲来清水村，紫珠盈架犬声闻。轻歌飞出绿重茵。

　　林下风柔姿态好，眼前波媚暗香匀。秋情款款送殷勤。

鹧鸪天·园趣

　　巧手殷勤布彩纱，风光裁剪入湖家。悠闲农户心中喜，缓步藤萝架上爬。

　　锄细土，探新芽，芽哥芽妹互相夸。今儿喝得肥颜水，懒睡园中更美些。

卜算子·圆月

月在异乡圆，人在家乡瘦。两月圆圆印两心，人可同心否？

梅影过溪桥，花影随风走。约个梅魂赴远君，梦里魂相守。

浪淘沙·红楼别

落叶满天欢，聚散人前。一怀心事搁眉湾。半卷画帘香径里，笑隐庭轩。

浓醉不知寒，欲把愁删。痴心燎得泪红颜。多少离情深困住，酒醒无言。

蝶恋花 · 花事

昨日城东花事闹。鸟唱山歌，云说心情好。嫩柳携风身窈窕。人同花语心相照。

花落词心心事扰。梦里春姑，总是相逢少。一叶江南情未了，春衣红透为谁俏？

贺新郎·军人

恩师王石生，曾参加边境作战，四十年后战地重游。高平，时主战场之一。

梦里常来处。更那堪、斜阳向晚，柳收残暑。夕照林中碑影暗，唯有苍苔静著。无奈是、人间别苦。还忆那天营宿地，正军歌豪壮悲情绪。列纵队，送君去。

高平不见硝烟煮。叹当年、芳华展尽，壮年如虎。万里江山心中守，要得边疆永固。何畏惧、枪林弹雨。四十年来游战地，剩青山深掩啼鹃语。偷抹泪，忍回顾。

蝶恋花·杨开慧故居

青瓦山墙霞映树。莺语轻轻，细细游人步。遍野杜鹃红不语，横塘倩影成回顾。

枕上堆来愁几许。细读君书，字字相思句。别样情怀今又叙，忠魂著写千秋赋。

临江仙·洞庭青草

　　春到江南春色好，洞庭青草如烟。君山岛上鸟声闲，春风都不管，任采一湖鲜。

　　占断花中香韵雅，诗成寄与君看。彩舟掩映柳缠绵，梦随芳草绿，人在水云间。

唐
琳

临江仙·情亲小镇

二〇一八年十月十九日,重阳节后三天,陪父亲游渔窑小镇。

　　雁到江南栖小镇,重阳刚过三天。菊花开后艳依然。游人花海涌,花把客衣牵。

　　陌上晴光垂四碧,秋声唤走流年。此时情绪此时闲。秋霜藏入鬓,白发亮花前。

当
代
诗
词

十
二
家

高阳台 · 初到西湖

二〇一九年六月，参加中国书法家协会培训中心杭州西湖面授学习。

风卷新荷，莺藏细柳，飘飘满袖盈香。闲伴闲云，舟中岸上鸳鸯。西湖烟景人间梦，梦依然、旧月桥长。有年年、万绿西泠，淡抹浓妆。

故人不见苏堤路，问当年小小，无语时光。今日初逢，多情多感词娘。回头处处堪留恋，探痴心、已酿情殇。我无愁、恰似重逢，双蝶忙忙。

生查子·小雪

　　小雪趁今宵，六角临窗贴。箫管伴琴吟，米酒围炉热。

　　杯底影双重，睫下桃红颊。相觑两销魂，梦影三更叠。

浪淘沙·月色温柔

　　月色好温柔，时近中秋。西楼人影满生愁。欲到江边寻旧梦，惊起鱼鸥。

　　愿做梦中囚，夜夜风流。痴心犹自恨无由。拨得相思弦断了，泪眼轻揉。

唐多令·观儿作画

　　蝴蝶引来春，芬芳纸上闻。霎时间、绿草茵茵。疏处竹林莺语脆，风淡淡，荡开云。

　　笔下满乾坤，香泥也有根。巧安排、山水精神。燕燕飞来何处去？回首望，是天真。

清平乐 · 闲步鹅形山

深秋已到，不见青山老。山里石头闲处好，开出紫花娇小。

绿阴轻嗅秋香，清泉漫煮时光。笑卷童年趣事，竹声浪浸斜阳。

唐琳

鹧鸪天·手机失

一不留神失手机，恰如掉了那魂儿。耳边不再私私语，枕上难闻早起时。

删信息，痛心扉，三更入睡又惊回。相随日夜成知己，心事千般说与谁？

当代

诗词

十二家

浣溪沙

　　明月清幽诗里缝，夜深心泊浅秋中。案头依旧墨香浓。

　　纵有柔情常绕梦，如何相隔不相逢。君心千里应相同。

临江仙 · 冬日山家

冬日山家山韵好，弯弯曲水池塘。红砖老屋半泥墙。一畦蔬菜嫩，数垛草堆黄。

我亦土生还土长，养人仍是粗粮。故乡心事满行囊。烧茶柴火旺，入口薯条香。

浣溪沙·斗米咀

斗米咀为湘江与洞庭湖交汇处的一片湖洲，亦是我出生的地方。油菜花开季节，金花如海，是为今天网红打卡地。

三月江南画里真，野花开向渡头村。芳香十里漫氤氲。

蝶引兰舟风约住，柳穿莺句曲温存。眼中春色梦中人。

12

当代诗词

十 二

卫一帆

一九九二年生，山西太原人。现就职于中国人民大学，系北京诗词学会会员。

卫一帆之作，以气驭势，大手笔纵横天地，往来古今。江天随吟而入句，性情借酒而放歌。视角多样，题材多变，可见诗人风骨，沉郁几何，弱水三千。"孤烟随曲尽，风雪满斜阳"入意，"故柳摇风绿水前，晓来相望隔云烟"入境，"旅雁相寻无限意，苍山独爱此间眠"入眼，"冷月何需同道客，寒窗尚有异乡人"入骨。

　　诗人桂冠多，真诗有几何？觅佳句颇不易也。非是清高，非是挑剔，实乃缘于诗观所不同。读诗耽于句，悟诗由于道。诗道，为性情之道也。源于时，源于空，却又超脱时空之羁绊，性灵之神思，脱壳而畅游。一帆之诗，可读性强，概缘于此。即如"黄沙万里无心驻，卷尽风云又百年"句，焉能以寻常视野来品味？上半句以空间境出神，下半句以时间境度生。观律诗须看对仗，对仗不仅支撑起律诗的骨架，亦内藏诗境之精华。"少卿北漠樽中月，太史南监笔下风"乃联中含典，"朱门半掩悲高木，白日低回去远天"为心境透视。"劝尔三杯尘世事，盛余一碗旧河山"一联，真乃杯里乾坤大，碗中日月长。一帆之词，似呈豪放之味。笔调见筋骨，曲中有大风。"山河南北千万里，白衣苍狗如常"境界开阔，当是纵横笔。"问清月、沧海复桑田，长安否"依旧大襟怀。不做委婉悠悠调，"一帆"风雨任平生。这种诗词之笔调，我喜欢。

卫
一
帆

纪念建党百年

　　黄沙吹万里，路随寒夜长。关山曾不掩，旭日出东方。大道从来多行尘，云深雾重几经霜。今见南湖风浪起，红船稳渡叶飞扬。万仞峰前开新径，经纶方略遂成章。初心长怀天下人，往来不负明月光。风云归草木，天地何茫茫。旌旗卷雷雨，四海正汤汤。山河泽南北，岂忘神州将士百万守我疆！一曲百年声高处，新篇故纸遥相望。青年闻知应早起，不觉晓露沾衣裳。

明州煮茶

浮云无限意，相对天涯空月明。客尘留不住，归来灯火一身行。春涧暖回雨后声，寒檐曲径多逢迎。江南处处花应满，云开日照远山晴。我欲举杯邀故人，犹闻鼎内涛声沉。玉川七盏乘风去，蓬莱阙下且留名。忘机最是涤烦子，别却杜康骨未轻。烟色澹，海波宁。古道车马自不停。安得春好日闲寻常住，更无案牍困劳形。当知此时须行乐，长寄天真与疏星。

清明游百瑞谷

山门开今古，云影度南端。去郭逾百里，心与天地宽。霜沾石径穿高木，垣萦白塔倚岩峦。晓日岚烟侵古道，冰河起伏欲奔湍。乱眼山花吹不尽，春风料峭叶声寒。追风直上青云路，不问曲折问长安。天池犹可观，浮云桥上莫嗟叹。沉香佳气扫尘衣，归来不觉行路难。客中同游多贤士，路转长向远峰看。

太白生日小集分韵得复字

　　春风一朝起，可与世相逐。卷舒任南北，不期尘中伏。身应作诗瘦，时事难尽读。故人杯酒新，清言久回复。云深多倦鸟，惶惶不知陆。重檐掩金雀，笼中安幽独。犹笑九回肠，恐劳千里目。醉思霄汉里，宽仁徒满腹。夜寂闻霜声，哀心同草木。清乐堂，黄金屋。游客子，谁家宿？今人乘舟难捉月，听风不忘三千牍。浮云蔽日有时尽，聊把万钧托一斛。

行路难

　　吾观万里东流水，难记江湖一扁舟。不若悬帆天地间，随风南北任去留。系岸风中闻雅乐，何人欢喜何人忧。初时去言不复归，归来长叹老山丘。可怜东篱杯中物，漫对孤灯夜不休。行路难，凭栏易，浮尘往念皆无迹。且向云峰送轻履，百年过尽从头绎。

.

己亥冬至京社雅集分步古诗十九首韵得生年不满百

　　愁心寄明月，明月复何忧。皎皎碧落间，邀我共远游。贤人源四海，谈笑今在兹。清酒明表里，不从昔所嗤。清风知我意，天地长与期。

季秋夜归

秋回叶散走尘烟，寥落星沉一片天。

旅雁相寻无限意，苍山独爱此间眠。

长将后会归前路，不与新风论旧年。

举首还邀江上月，兴来共枕白云边。

庚子杂感

二月城春夜雨寒，隔窗细落数声残。

空濛烟色连千里，混沌忧思各万端。

客路难从尘外过，人间不作梦中看。

晓来半醒枝头鹊，犹望青天一岁安。

咏袁隆平

神农学者共称贤，禾下清风计百年。
半世遍寻平野外，一身长向此山巅。
安知白首行无尽，祇为苍生解倒悬。
看取仓箱千万里，笑辞钟鼎赋归田。

己亥季春游天台

银汉奔流坠石梁，风雷万里卷疏狂。

重峦叶落惊千涧，华顶云归隐一方。

闲对羲之观笔墨，欲邀太白共壶觞。

萧萧薄暮知时雨，顾我留连半日长。

己亥清明访明十三陵遇沙尘

静院空堂各自眠，山河咫尺旧台前。

朱门半掩悲高木，白日低回去远天。

纵使英雄非易老，可怜世事本难全。

黄沙万里无心驻，卷尽风云又百年。

己亥太白生日与诸诗友会饮幽州台

谛仙风骨今安在？明月邀君斗酒还。

劝尔三杯尘世事，盛余一碗旧河山。

此间曲径犹堪问，梦里云峰尚可攀。

酌取重阳收意马，阴霾浊浪不相关。

戊戌岁末感怀

平日何惊岁月遒，书生意气自长留。

山前路远行难尽，台下杯宽语不休。

一片丹心徒一寸，千章白简岂千秋。

南箕北斗由他去，笑与黄沙数九州。

戊戌孟秋复观前汉风雨感怀

江山一夜复江枫，万里青云万里空。

梦觉何妨戎马事，人间不厌庙堂功。

少卿北漠樽中月，太史南监笔下风。

且尽丹心邀翰墨，清歌把盏问归鸿。

丙申岁末感怀

鱼书不似旧时频，浊酒朱弦若比邻。

冷月何需同道客，寒窗尚有异乡人。

花繁万象邀亲友，夜寂孤灯省一身。

待到金鳞乘浪去，追风走马任轻尘。

杜陵怀古

郁郁南园木，曾知旧日名。

本从天地失，独向晦明行。

惯见云消长，何妨酒浊清。

他年追故剑，归此寄平生。

夜宿幽州村限台字韵

客路逾千里，闲行石径开。

东风寻古道，北斗歇高台。

月逐关山尽，怀因酒醴来。

幽云无鼓角，可以绝尘埃。

【第**2**季】

九月初三夜众友京城雅聚

天涯寄此身，向晚不留尘。

箸落春秋盛，觞连海岳珍。

往来千白羽，今古一青轮。

逝水从何处？江湖问故人。

丁酉岁末偶感

一夜风霜起，山河复孟冬。

晨钟归塞雁，暮鼓卧江龙。

恰识陶潜趣，犹窥煮石慵。

谁言梅墨色，不胜苦寒松？

闲居杂感

夕照舞歌弦，今来尚可怜。

三闾悲草木，五柳乐园田。

敢饮千秋醉，安偷半日眠？

烟云多自扰，不过百余年。

闻七步诗感怀陈思王

洛水复攸攸，登台未可留。
驱车行酒醴，走马笑王侯。
治乱千年海，浮沉一叶舟。
长歌青史处，八斗照春秋。

题惠崇沙汀烟柳树图

故柳摇风绿水前，晓来相望隔云烟。

诗僧驻笔无他意，咫尺春江万里天。

卫一帆

题吴为山雕塑左丘明

远道从来属圣人，何须岁月困经臣。

无声万里风与雪，弹指春秋任后尘。

当代
诗词
十二家

思故人

故人何自在？峰顶白云间。
已过千山雪，难从万里还。

空城

寒鹊不知乡，空鸣旧院墙。

孤烟随曲尽，风雪满斜阳。

题熊明老师六雀图

众友高堂坐，独栖自在枝。

曲深犹顾影，何处不相知。

临江仙·逢东坡生日感怀

山河南北千万里，白衣苍狗如常。清风明月一炉香。翅轻无所负，踏雪又何妨。

莫问此间升沉异，夜来先暖瑶觞。无弦琴上曲犹长。从来羁旅客，我辈岂疏狂。

苏幕遮·七月既望家乡遥寄京社诸师友分韵得出字

　　故人回，明月出。鸟雀无知，吹作寻常律。杯酒笙歌多放逸。莫问春秋，可执风云笔？

　　曲嘈嘈，穿梦疾。折取千枝，垂柳犹然密。远道行吟思未毕。还望天涯，万古同归一。

江城子 · 展上巳京社小集赏初三月分韵得呼字

知音同调自相呼。远高台，旧皇都。燕坐清歌，谈笑入蓬壶。数尽人间千古事，如意酒，不须扶。

一宵灯火照形殊。醉东风，我非吾。新月为钩，牵引向长途。上溯轻舟乘浩气，犹击楫，渡江湖。

满江红·京城高秋雅聚分韵得有字

寂寞斜阳，萧疏叶、随风西走。新霜里、梧桐依旧，东厢常守。易尽从来灯下墨，无情最是桥前柳。问清月、沧海复桑田，长安否？

诗书意，经纶手。高山曲，而今有。一笔数千秋，不关身后。总任平生多望眼，何当往日空回首。劝归客、莫厌此人间，杯中酒。

图书在版编目（CIP）数据

当代诗词十二家.第2季/蔡世平,刘能英主编.--
北京：当代世界出版社,2023.1
　　ISBN 978-7-5090-1701-2

　　Ⅰ.①当… Ⅱ.①蔡…②刘… Ⅲ.①诗词—作品集
—中国—当代 Ⅳ.①I227

　　中国版本图书馆CIP数据核字(2022)第220971号

书　　名：当代诗词十二家.第2季

编　　者：蔡世平　刘能英/主编

出 版 社：当代世界出版社

地　　址：北京市地安门东大街70-9号

邮　　编：100009

监　　制：吕　辉

选题策划：彭明榜

责任编辑：高　冉

装帧设计：北京小众雅集文化传媒有限公司

编务电话：（010）83907528

发行电话：（010）83908410（传真）
　　　　　 13601274970
　　　　　 18611107149
　　　　　 13521909533

经　　销：新华书店

印　　刷：北京精彩世纪印刷科技有限公司

开　　本：889毫米×1194毫米　1/32

印　　张：13.375

字　　数：157千字

版　　次：2023年1月第1版

印　　次：2023年1月第1次

书　　号：ISBN 978-7-5090-1701-2

定　　价：88.00元